Georges Simenon

Maigret amüsiert sich

Roman

Deutsch von
Renate Nickel

Diogenes

Titel der Originalausgabe:
›Maigret s'amuse‹

Die deutsche Erstausgabe erschien 1958
unter dem Titel ›Maigret als Zuschauer‹
Umschlagzeichnung von
Hans Höfliger

100/91/36/3
ISBN 3 257 20509 0

Inhalt

I

Der Kommissar am Fenster

Der kleine Alte mit dem Kinnbärtchen kam wieder rückwärts aus dem Schatten des Lagerhauses heraus, schaute nach rechts und nach links, bewegte beide Hände, als ob er den schweren Lastwagen, dessen Fahrmanöver er dirigierte, zu sich locken wolle. Seine Hände sagten:

»Etwas nach rechts ... Ja ... Geradeaus ... Geradeaus ... Langsam ... Nach links ... Jetzt ... Bremsen ...«

Und der Lastwagen, der auch rückwärts fuhr, rumpelte über das Trottoir auf die Straße, wo der kleine Alte den Autos jetzt Zeichen gab, einen Augenblick zu halten.

Das war der dritte Lastwagen, der innerhalb einer halben Stunde auf diese Weise aus dem großen Lagerhaus herausfuhr, auf dessen Giebel zu lesen war: Catoire et Potut, Metalle, eine für Maigret vertraute Inschrift, denn er hatte sie seit über dreißig Jahren täglich vor Augen.

Er stand an seinem Fenster am Boulevard Richard-Lenoir, ohne Jacke und ohne Krawatte, rauchte langsam eine Pfeife, und hinter ihm im Schlafzimmer fing seine Frau an, das Bett zu machen.

Er war nicht krank, und gerade das war so ungewöhnlich, denn es war zehn Uhr morgens, und Sonntag war auch nicht.

Am hellichten Vormittag am Fenster zu stehen, einfach das Kommen und Gehen auf der Straße zu beobachten, den Lastwagen zuzuschauen, die ins Lagerhaus gegenüber hineinfuhren und aus ihm herausrollten, gab ihm ein Gefühl, das ihn an bestimmte Tage seiner Kindheit erinnerte, als seine Mutter noch lebte und er nicht zur Schule ging, weil er Grippe hatte oder die Schule geschlossen war. Irgendwie das aufregende Gefühl zu entdecken, »was passierte, wenn er nicht da war«.

Es war schon der dritte Tag, der zweite, wenn man den Sonntag nicht mitrechnete, und er konnte sich immer noch daran begeistern, wenn ihn dabei auch ein undefinierbares Unbehagen beschlich.

Er machte eine Menge Entdeckungen, schaute nicht nur interessiert den Bewegungen des kleinen Alten mit dem Kinnbärtchen zu, der die Ausfahrt der Lastwagen überwachte, sondern beobachtete zum Beispiel auch, wie viele Kunden in das Bistro nebenan gingen.

Es war schon vorgekommen, daß er tagsüber zu Hause war. Beinahe immer war er dann krank gewesen und hatte im Bett gelegen oder in einem Fauteuil gesessen. Diesmal war er nicht krank. Er hatte nichts zu tun. Er konnte seine Zeit verbringen, wie er wollte. Er erlebte den Tagesablauf seiner Frau mit, womit sie ihre Arbeit begann, wann sie von der Küche ins Schlafzimmer ging, und wie sie eins nach dem andern erledigte.

Sie erinnerte ihn plötzlich an seine Mutter, die die

Hausarbeit besorgte, während er auch am Fenster hing.

Wie sie sagte Madame Maigret: »Geh bitte mal zur Seite, damit ich fegen kann.«

Da gab es auch den Duft aus der Küche, der immer anders war. Heute morgen roch es nach gespicktem Kalbsbraten und Sauerampfer.

Wie als Kind beobachtete er wieder gewisse Lichtreflexe, sah, wie der Schatten die Sonne vom Trottoir verdrängte, wie sich die Dinge in der flimmernden Luft eines heißen Tages veränderten.

Es würde noch siebzehn Tage so gehen.

Dies war durch viele Zufälle zustandegekommen. Vor allem, weil er im März eine ziemlich hartnäckige Bronchitis gehabt hatte. Wie immer war er zu früh aufgestanden, weil am Quai des Orfèvres dringende Arbeit wartete. Er hatte einen Rückfall bekommen, und eine Zeitlang hatte man sogar eine Brustfellentzündung befürchtet.

Die schönen Tage hatten die Krankheit besiegt, aber er war nervös und schlechtgelaunt geblieben und fühlte sich nicht wohl in seiner Haut. Es schien ihm plötzlich, als sei er ein alter Mann, auf den die Krankheit, die richtige, die einen für den Rest des Lebens schwächt, an der nächsten Ecke lauert.

Er hatte seiner Frau nichts davon gesagt; ihre verstohlenen Blicke hatten ihn geärgert. Eines Abends hatte er seinen Freund Pardon, den Arzt in der Rue Picpus, besucht, bei dem sie gewöhnlich einmal im Monat zum Nachtessen eingeladen waren.

Pardon hatte ihn lange untersucht, hatte ihn sogar,

um sein Gewissen zu beruhigen, zu einem Herzspezialisten geschickt.

Die Ärzte hatten nichts gefunden außer einem etwas hohen Blutdruck, aber sie hatten ihm alle den gleichen Rat gegeben:

»Sie sollten Urlaub machen.«

Seit drei Jahren hatte er keinen richtigen Urlaub mehr gehabt. Jedesmal, wenn er gerade verreisen wollte, kam ein Fall dazwischen, den er übernehmen mußte, und einmal, als er schon bei seiner Schwägerin im Elsaß angekommen war, hatte er gleich am ersten Tag einen Anruf bekommen, der ihn nach Paris zurückbeorderte.

»Einverstanden«, hatte er seinem Freund Pardon mürrisch versprochen, »dieses Jahr mache ich Urlaub, komme was da wolle.«

Im Juni hatte er das Datum, den ersten August, festgelegt. Seine Frau hatte an ihre Schwester geschrieben. Diese wohnte in Colmar mit ihrer Familie, besaß ein Ferienhaus am Col de la Schlucht, wo die Maigrets schon ziemlich oft gewesen waren und wo es nett und erholsam war.

Aber leider hatte Charles, der Schwager, gerade sein neues Auto bekommen und beschlossen, mit der Familie nach Italien zu fahren. Wie viele Abende hatten Madame Maigret und er doch zugebracht mit Diskussionen über ihr Reiseziel! Zuerst hatten sie an die Loire gedacht, wo Maigret angeln könnte, dann ans Hôtel des Roches Noires in Sables d'Olonne, wo sie schon wunderschöne Ferien verbracht hatten. Schließlich hatten sie sich für Sables entschieden. Madame Maigret hatte in der letzten Juniwoche geschrieben, doch man hatte ihr geantwortet, bis zum achtzehnten August seien alle Betten belegt.

Ein Zufall hatte schließlich den Entschluß des Kommissars herbeigeführt. Mitte Juli war er an einem Samstagabend gegen sieben Uhr in einer nicht besonders wichtigen Angelegenheit an die Gare de Lyon gerufen worden. Vom Quai des Orfèvres bis zum Bahnhof hatte er mit einem der Autos der Kriminalpolizei eine halbe Stunde gebraucht, weil der Verkehr die Straßen verstopft hatte.

Es waren acht zusätzliche Züge eingesetzt worden, und die Menschenmenge in der Bahnhofshalle, auf den Bahnsteigen, überall, hatte mit ihren Koffern, Reisetaschen, Bündeln, Kindern, Hunden und Angelruten an eine Massenauswanderung erinnert.

Sie alle fuhren aufs Land oder ans Meer, würden das kleinste Hotel, die bescheidenste Herberge überschwemmen, ganz abgesehen von denen, die ihr Zelt aufstellen würden, sobald sie einen freien Platz finden würden.

Der Sommer war heiß. Maigret war erschöpft nach Hause gekommen, als ob er sich selbst in einen Nachtzug hineingedrängt hätte.

»Was hast du?« hatte seine Frau gefragt, die seit seiner Bronchitis immer um ihn besorgt war.

»Ich frage mich allmählich, ob wir in den Urlaub fahren sollen.«

»Hast du vergessen, was Pardon gesagt hat?«

»Ich habe es nicht vergessen.«

Er stellte sich entsetzt die mit Feriengästen überfüllten Hotels und Familienpensionen vor.

»Wollen wir unseren Urlaub nicht lieber in Paris verbringen?«

Zuerst hatte sie das für einen Scherz gehalten.

»Wir gehen eigentlich nie zusammen in Paris spazieren. Einmal in der Woche haben wir gerade noch Zeit, uns irgendeinen Film, der von den Boulevards kommt, anzusehen. Im August ist die Stadt leer und gehört uns.«

»Und du wirst gleich Hals über Kopf an den Quai des Orfèvres stürzen, um irgendeinen Fall zu übernehmen.«

»Nein, ich schwöre es dir.«

»Das sagst du so.«

»Wir würden beide in Stadtvierteln umherflanieren, wo wir sonst nie hinkommen, mittags und abends in kleinen, amüsanten Restaurants essen ...«

»Wenn die Kriminalpolizei weiß, daß du hier bist, rufen sie dich bei der erstbesten Gelegenheit an.«

»Weder die Kriminalpolizei noch sonst jemand wird davon erfahren, und ich melde uns beim telefonischen Auftragsdienst ab.«

Der Gedanke hatte für ihn und schließlich auch für seine Frau etwas wirklich Verführerisches gehabt. Das Telefon im Eßzimmer war also verstummt, eine weitere Einzelheit, an die er sich nur schwer hatte gewöhnen können. Zweimal hatte er nach dem Hörer gegriffen, bevor ihm einfiel, daß er das nicht durfte.

Offiziell war er nicht in Paris. Er war in Sables d'Olonne. Diese Adresse hatte er bei der Kriminalpolizei hinterlassen, und wenn dort unten eine dringende Nachricht einträfe, würde man sie ihm nachschicken.

Er hatte den Quai des Orfèvres am Samstagabend verlassen, und alle glaubten, er sei ans Meer gefahren. Am Sonntag waren sie erst am Spätnachmittag ausgegangen und hatten in einer Brasserie an der Place des Ternes zu Abend gegessen, weit weg von ihrer Wohnung, als wollten sie sich vom Alltag befreien.

Am Montagmorgen war Maigret gegen halb elf Uhr bis zur Place de la République hinuntergegangen, während seine Frau die Hausarbeit erledigte, und hatte auf einer fast leeren Kaffeeterrasse seine Zeitungen gelesen. Danach hatten sie im Villette-Viertel gegessen, das Abendessen zu Hause eingenommen und waren ins Kino gegangen.

Sie wußten beide noch nicht, was sie heute unternehmen sollten, außer daß sie zu Hause gespickten Kalbsbraten essen und dann sicher aufs Geratewohl ausgehen würden.

An diesen Rhythmus mußte man sich gewöhnen, denn es war eigenartig, keine Pflichten zu haben, Stunden und Minuten nicht zählen zu müssen. Er langweilte sich nicht. Offengestanden war ihm das Nichtstun eigentlich etwas peinlich. Ob seine Frau das wohl merkte?

»Willst du nicht deine Zeitungen holen?«

Schon entstand eine Gewohnheit. Um halb elf Uhr würde er seine Zeitungen holen und sie wahrscheinlich auf der gleichen Kaffeeterrasse der Place de la République lesen. Es belustigte ihn. Kurz, kaum war er anderen Zwängen entkommen, hatte er sich schon neue zugelegt.

Er ging vom Fenster weg, band eine Krawatte um, zog Schuhe an, suchte seinen Hut.

»Du brauchst nicht vor halb eins zurück zu sein.«

Auch für sie war er nicht mehr ganz der gleiche Maigret, seit er nicht mehr an den Quai des Orfèvres ging, und wieder fiel ihm seine Mutter ein, wie sie ihm zurief:

»Geh eine Stunde spielen, aber komm zum Mittagessen zurück!«

Sogar die Concierge schaute ihn nicht ohne leisen Vorwurf erstaunt an. Durfte ein großer, kräftiger Mann denn so herumlaufen, ohne etwas zu tun?

Ein städtischer Sprengwagen fuhr langsam vorbei, und als wäre es ein neues Schauspiel, sah er zu, wie das Wasser aus vielen kleinen Löchern herausspritzte und sich dann auf die Straße ergoß.

Am Quai standen die Fenster gegen die Seine hin sicher weit offen. Die Hälfte der Büros stand leer. Lucas war in Pau, wo er Verwandte hatte, und würde erst am fünfzehnten zurückkommen. Torrence hatte eben erst einen Gebrauchtwagen gekauft und bereiste die Normandie und die Bretagne.

Es gab kaum Verkehr und sehr wenig Taxis. Die Place de la République wirkte so leblos wie auf einer Postkarte, nur ein Touristenbus sorgte für etwas Betrieb.

Am Kiosk blieb er stehen, kaufte alle Morgenzeitungen, die er gewöhnlich auf seinem Schreibtisch vorfand und vor Arbeitsbeginn überflog.

Jetzt hatte er Zeit, sie zu lesen; am Vorabend hatte er sogar einige Kleinanzeigen gelesen.

Er setzte sich auf die gleiche Kaffeeterrasse auf den gleichen Platz, bestellte ein Bier, und nachdem er den Hut abgenommen und sich die Stirn getrocknet hatte, denn es war schon heiß, schlug er die erste Zeitung auf.

Die beiden größten Überschriften bezogen sich auf die internationalen Ereignisse und auf einen schweren Verkehrsunfall, bei dem es acht Tote gegeben hatte, als ein Bus in der Nähe von Grenoble in eine Schlucht gestürzt war. Sogleich fiel sein Blick auf eine andere Überschrift in der rechten Ecke des Blattes.

LEICHE IM WANDSCHRANK

Wenn seine Nasenflügel auch nicht bebten, spürte er doch eine gewisse Erregung.

Die Kriminalpolizei hüllt sich in Schweigen über einen makabren Fund, auf den man gestern, Montagmorgen, in der Wohnung eines bekannten Arztes am Boulevard Haussmann gestoßen ist.

Der Arzt soll sich zur Zeit mit Frau und Tochter an der Côte d'Azur aufhalten.

Als das Dienstmädchen gestern morgen, nachdem sie den Sonntag mit ihrer Familie verbracht hatte, wieder zur Arbeit kam, soll ihr ein verdächtiger Geruch aufgefallen sein, und als sie einen Wandschrank öffnete, aus dem der Geruch zu kommen schien, soll sie die Leiche einer jungen Frau entdeckt haben.

Ganz gegen ihre Gewohnheit zeigt sich die Kriminalpolizei äußerst zurückhaltend in ihren Informatio-

nen, was darauf schließen läßt, daß sie dieser Angelegenheit eine außerordentliche Bedeutung beimißt.

Dr. J…, der Betroffene, wurde dringend zurückgerufen, und der Verdacht soll sich gegen einen anderen Arzt, der ihn in den Ferien vertritt, richten.

Wir hoffen, morgen nähere Einzelheiten über diesen eigenartigen Fall berichten zu können.

Maigret schlug die beiden anderen Morgenzeitungen auf, die er gekauft hatte.

Die eine hatte die Meldung nicht bekommen. Die andere war zu spät benachrichtigt worden und brachte, allerdings unter einem fettgedruckten Titel, eine kurze Zusammenfassung.

LEICHE BEI ARZT

Die Kriminalpolizei ermittelt seit gestern in einem Fall, der eine neue Affäre Petiot werden könnte, mit dem Unterschied, daß diesmal nicht nur einer, sondern zwei Ärzte verdächtig scheinen. In der Praxis eines sehr bekannten Arztes am Boulevard Haussmann wurde die Leiche einer jungen Frau gefunden. Bis zur Stunde konnten wir aber keine ausführlicheren Informationen erhalten.

Maigret ertappte sich dabei, als er brummte:

»Idiot!«

Er meinte dabei nicht den Journalisten, sondern Janvier, auf dem zum ersten Mal die dienstliche Verantwortung lastete. Schon lange wartete der Inspektor auf eine solche Gelegenheit, denn bei den früheren Urlauben Maigrets hatte sich immer ein dienstälterer Inspektor gefunden, um ihn zu vertreten.

Dieses Jahr war Janvier für fast drei Wochen Chef, und kaum hatte Maigret dem Quai den Rücken gekehrt, geschah ein Verbrechen, und nach dem wenigen zu urteilen, das in den Zeitungen stand, sogar ein bedeutsames.

Nun hatte Janvier schon einen ersten Fehler begangen: Er hatte sich die Journalisten zu Feinden gemacht. Maigret hatte ihnen auch schon Informationen vorenthalten, war aber dabei verbindlich geblieben; selbst wenn er ihnen nichts verriet, gab er ihnen scheinbar noch vertrauliche Mitteilungen weiter.

Seine erste Reaktion war, in die Telefonzelle zu gehen und Janvier anzurufen. Doch fiel ihm noch rechtzeitig ein, daß er ja offiziell in Sables d'Olonne war.

Den Zeitungsmeldungen zufolge war die Leiche am Morgen zuvor entdeckt worden. Bei der Polizei sowie bei der Staatsanwaltschaft war der Fall sofort anhängig gemacht worden. Normalerweise hätte die Presse die Nachricht am Montagnachmittag bringen müssen.

Hatte sich höheren Orts jemand eingeschaltet? Oder hatte Janvier es für seine Pflicht angesehen zu schweigen?

»Ein bekannter Arzt am Boulevard Haussmann ..«

Maigret kannte das Viertel; dieses hatte ihn, als er nach Paris gekommen war, wahrscheinlich am meisten beeindruckt mit seinen ruhigen und eleganten Gebäuden, seinen Toreinfahrten, durch die man hinten in den Höfen die einstigen Stallungen sah, mit den sanften Schatten der Kastanienbäume und den Limousinen, die am Trottoir parkten.

»Geben Sie mir bitte einen Jeton!«

Er wollte nicht den Quai anrufen, denn das durfte er nicht, sondern mit Pardon telefonieren, der im Juli am Meer gewesen war und als einziger von Maigrets Ferien in Paris wußte.

Pardon war in seiner Praxis.

»Sagen Sie, kennen Sie einen gewissen Dr. J..., der am Boulevard Haussmann wohnt?«

Der Arzt hatte die Zeitung auch gelesen.

»Ich habe mir das beim Frühstück überlegt. Ich habe im Ärzteverzeichnis nachgesehen. Mir geht das nicht aus dem Kopf. Es soll sich in der Tat bei Jave um einen ausgezeichneten Arzt handeln, der früher Assistenzarzt war und jetzt eine große Praxis hat.«

»Kennen Sie ihn?«

»Ich bin ihm zwei- oder dreimal begegnet, aber seit ein paar Jahren habe ich ihn aus den Augen verloren.«

»Was ist er für ein Mann?«

»Beruflich?«

»Ja, zuerst einmal.«

»Ein zuverlässiger Arzt, der sein Handwerk versteht. Er muß um die vierzig sein, vielleicht fünfundvierzig. Ein gutaussehender Mann. Das einzige, was man ihm vorwerfen kann, wenn das ein Fehler ist: Er hat sich auf Patienten aus den besten Gesellschaftskreisen spezialisiert. Nicht ohne Grund hat er sich am

Boulevard Haussmann niedergelassen. Ich nehme an, er verdient ziemlich viel.«

»Verheiratet?«

»Die Zeitungen schreiben es. Ich wußte es nicht. Sagen Sie, Maigret, ich hoffe, Sie werden jetzt nicht zum Quai eilen, um die Sache in die Hand zu nehmen?«

»Nein, das verspreche ich Ihnen. Und der andere Arzt, von dem die Rede ist?«

»Ich war heute morgen nicht der einzige, der mit Kollegen telefonisch gesprochen hat. Es kommt in unserem Beruf nicht oft vor, daß eine solche Sache passiert, und wir sind neugierig wie Conciergen. Wie die meisten Ärzte, die in den Urlaub fahren, hat Jave für die Zeit seiner Abwesenheit einen jungen Vertreter angestellt. Ich kenne ihn nicht persönlich und glaube nicht, daß ich ihm je begegnet bin. Es handelt sich um einen gewissen Négrel, Gilbert Négrel, ungefähr dreißig Jahre alt und Assistent bei Professor Lebier. Das heißt etwas, denn Lebier ist bekannt dafür, daß er sich seine Mitarbeiter sorgfältig aussucht und schwierig im Umgang ist.«

»Sind Sie sehr beschäftigt?«

»Jetzt?«

»Überhaupt.«

»Weniger als sonst, denn die meisten meiner Patienten sind im Urlaub. Warum fragen Sie?«

»Ich möchte Sie bitten, soviel Informationen wie möglich über diese beiden Ärzte zu sammeln.«

»Vergessen Sie nicht, daß Sie auf Anordnung des Arztes Urlaub machen.«

»Ich verspreche, keinen Fuß in den Quai des Orfèvres zu setzen.«

»Was Sie nicht daran hindert, die Geschichte als Amateur zu verfolgen, nicht wahr?«

»So ungefähr.«

»Gut. Ich werde ein paar Leute anrufen.«

»Könnten wir uns vielleicht heute abend sehen?«

»Warum kommen Sie nicht mit Ihrer Frau zum Essen zu uns?«

»Nein. Ich lade Sie zusammen mit Ihrer Frau in irgendein Bistro ein. Wir kommen gegen acht, um Sie abzuholen.«

Danach war Maigret nicht mehr ganz derselbe wie am Morgen. Er träumte nicht mehr vor sich hin und kam sich nicht mehr vor wie ein kleiner Junge, der die Schule schwänzt.

Er setzte sich wieder an seinen Platz auf der Kaffeeterrasse, bestellte noch ein kleines Bier und dachte an Janvier, der sicher entsetzlich aufgeregt war. Hatte Janvier wohl versucht, ihn in Sables d'Olonne telefonisch zu erreichen, um ihn um Rat zu fragen? Sicher nicht. Er wollte doch den Fall unbedingt ganz allein erfolgreich beenden.

Der Kommissar war ungeduldig, mehr darüber zu erfahren, aber jetzt war er nicht mehr hinter den Kulissen, sondern mußte wie die andern Leute auf die Abendzeitungen warten.

Als er zum Mittagessen nach Hause kam, sah ihn seine Frau stirnrunzelnd an, und ihr schwante schon etwas.

»Hast du jemanden getroffen?«

»Nein. Ich habe nur mit Pardon telefoniert. Wir nehmen sie heute abend zum Nachtessen in ein Bistro mit, ich weiß noch nicht wohin.«

»Ist dir nicht gut?«

»Ich bin in bester Form.«

Es stimmte. Durch die Pressenotiz bekam sein Urlaub einen Sinn, und es reizte ihn nicht, in sein Büro zu gehen, um die Sache in die Hand zu nehmen. Diesmal war er nur Zuschauer, und die Situation amüsierte ihn.

»Was machen wir heute nachmittag?«

»Wir gehen auf dem Boulevard Haussmann und in jenem Quartier spazieren.«

Sie widersprach nicht, fragte ihn nicht nach dem Grund. Sie hatten Zeit genug, um in aller Ruhe am offenen Fenster zu essen, was nicht oft vorkam. Selbst die Geräusche von Paris waren nicht dieselben wie sonst. An Stelle einer wirren Symphonie konnte man vereinzelte Töne unterscheiden, man hörte, wie ein Taxi um diese oder jene Straßenecke fuhr, wie ein Lastwagen vor diesem oder jenem Haus anhielt.

»Machst du keinen Mittagsschlaf?«

»Nein.«

Während sie das Geschirr abspülte und sich dann anzog, ging er noch einmal hinunter, um die Abendzeitungen zu kaufen. Der Mord hatte inzwischen die Schlagzeilen erobert.

EIN NEUER FALL PETIOT
TOTE FRAU IN EINEM WANDSCHRANK
ZWEI ÄRZTE IM VERHÖR

Im besten Artikel, den der kleine Lassagne, einer der pfiffigsten Reporter, geschrieben hatte, hieß es:

Ein Kriminalfall, der einiges Aufsehen erregen und für Überraschungen sorgen wird, hat sich soeben in einem der elegantesten Viertel von Paris, am Boulevard Haussmann, zwischen der Rue de Miromesnil und der Rue de Courcelles, ereignet.

Obwohl die Polizei nicht gewillt ist, uns zu informieren, konnten wir durch eigene Nachforschung gewisse Einzelheiten ermitteln.

Ihnen zufolge wohnt im dritten Stock des Hauses Boulevard Haussmann 137bis der fünfundvierzigjährige Dr. Philippe Jave mit seiner Frau und seinem dreijährigen Töchterchen.

Die Familie lebt in einer der beiden Wohnungen des Stockwerks, während sich in der anderen das Wartezimmer und die luxuriös ausgestatteten Sprechzimmer befinden; die Patienten des Arztes kommen nämlich aus den vornehmsten Kreisen und sind größtenteils im Bottin Mondain aufgeführt.

Am ersten Juli verließen die Javes in Begleitung ihres Kindermädchens Paris und fuhren für sechs Wochen nach Cannes, wo sie die Villa Marie-Thérèse gemietet haben.

Zum gleichen Zeitpunkt übernahm Dr. Négrel, ein junger Arzt, die Praxisvertretung.

Für gewöhnlich beschäftigen die Javes neben Mademoiselle Jusserand, dem Kindermädchen, zwei Dienstmädchen, aber die eine, deren Eltern in der Normandie wohnen, ging zur selben Zeit wie ihre Herrschaft in den Urlaub, und einzig die einundfünfzigjährige Josépha Chauvet blieb in Paris.

Da die Wohnräume nicht benutzt wurden, mußte sie nur die Praxisräume sauberhalten.

Dr. Négrel ist Junggeselle und lebt in einer möblierten Wohnung der Rue des Saints-Pères; er kam jeden Morgen um neun Uhr, notierte die telefonischen Anrufe, machte Krankenbesuche in der Stadt, aß in einem Restaurant zu Mittag und kehrte um zwei Uhr für die Sprechstunde an den Boulevard Haussmann zurück.

Gegen sechs Uhr beendete er die Sprechstunde, und Josépha Chauvet benützte die Gelegenheit, um zu ihrer Tochter zu gehen, die im gleichen Viertel in der Rue Washington wohnt und bei der sie beinahe regelmäßig übernachtete.

Was ist geschehen? Das Stillschweigen der Polizei erschwert es uns, den Ablauf der Ereignisse zu rekonstruieren, und doch stehen einige Tatsachen fest.

Letzten Samstag verließ Dr. Négrel um halb sechs Uhr die Praxis am Boulevard Haussmann, während Josépha noch dort war. Am Nachmittag hatte er ein halbes Dutzend Patienten und Patientinnen empfangen, und niemand hatte im Haus eine verdächtige Person ein- oder ausgehen sehen.

Am Sonntag fuhr Dr. Négrel zu Freunden aufs Land, während Josépha diesen Tag bei ihrer Tochter in der Rue Washington verbrachte und erst Montag früh um acht Uhr wieder in die Praxis ging.

Wie gewöhnlich fing sie im Wartezimmer mit dem

Staubsaugen an und ging dann in das Büro, das zum Sprechzimmer führt.

Erst als sie diesen dritten Raum betrat, fiel ihr, wie sie aussagte, ein ungewöhnlicher, fader und widerlicher Geruch auf, aber sie machte sich zuerst keine Gedanken darüber.

Schließlich ließ es ihr keine Ruhe mehr, und sie öffnete ein paar Minuten vor neun Uhr die Tür eines vierten, kleineren Zimmers, das in ein Labor umgebaut worden war. Von dort, genauer aus einem der Wandschränke, kam der Geruch.

Der Schrank war abgeschlossen. Der Schlüssel steckte nicht im Schloß. Als Josépha den Wandschrank untersuchte, hörte sie hinter sich Schritte, und als sie sich umdrehte, sah sie Dr. Négrel hereinkommen.

Zuckte er zusammen? Wurde er blaß? Die Aussagen, die wir von Dritten bekamen, sind widersprüchlich. Er soll zu ihr gesagt haben:

»Was machen Sie da?«

Sie soll geantwortet haben:

»Riechen Sie nichts?«

Dann soll sie von einer toten Ratte geredet haben.

»Hat Ihnen Dr. Jave die Schlüssel nicht dagelassen?«

Wohlgemerkt, wir versuchen nur, die Fakten zu rekonstruieren, so gut es geht. Ein paar Minuten später ging Josépha aus dem Haus, holte einen Schlosser in der Rue de Miromesnil und kam dann mit ihm zurück.

Maigret fragte sich beim Lesen, woher der kleine Lassagne diese Einzelheiten hatte. Er hätte schwören können, daß Josépha nichts ausgesagt hatte. Noch weniger Dr. Négrel. Die Concierge? Möglich. Später vielleicht auch der Schlosser?

Er las weiter:

Als die Tür des Wandschranks geöffnet wurde, bot sich ihnen der Anblick eines völlig nackten Frauenkörpers, der zusammengelegt worden war, damit er in dem kleinen Raum Platz hatte.

In Abwesenheit des Kommissars Maigret, der im Urlaub ist, begab sich Inspektor Janvier zum Tatort, gefolgt vom Gerichtsarzt und dem Vertreter der Staatsanwaltschaft, während die Presse aus bisher unerfindlichen Gründen nicht informiert wurde.

Die Identifizierung der Leiche verursachte keine Schwierigkeiten, denn es handelt sich um Madame Jave selbst, von der alle glaubten, sie sei in Cannes.

Außer einem Bluterguß an der rechten Schläfe, der von einem Sturz herrühren könnte, wies die Leiche keine Spuren von Gewaltanwendung auf.

Dr. Négrel behauptet, Madame Jave weder am Samstag noch an einem anderen Tag gesehen zu haben, seit Dr. Jave und seine Frau am ersten Juli nach Cannes abgereist seien.

Josépha soll das gleiche ausgesagt haben.

Wie wurde die junge Frau getötet? Wann? Wir glauben zu wissen, daß der Gerichtsarzt den Samstag als Todestag annimmt.

Gleich am Montagmittag flog Dr. Jave, der telefonisch benachrichtigt worden war, von Nizza nach Paris.

Wie Dr. Négrel verbrachte er die Nacht im Quai des Orfèvres. Über eventuelle Aussagen der beiden Männer ist nichts durchgesickert.

Noch heute morgen lehnte es die Kriminalpolizei ab, uns zu sagen, ob sich einer der beiden Männer in Haft befindet.

Mit der Untersuchung wurde Richter Coméliau beauftragt, und er ist noch verschwiegener als Inspektor Janvier.

Unser Korrespondent in Cannes versuchte, mit dem Kindermädchen, Mademoiselle Jusserand, die mit dem Kind dortgeblieben ist, Verbindung aufzunehmen, aber es war ihm nicht möglich, die Villa, in der schon zweimal die Mordkommission war, zu betreten.

Wie man sieht, ist dies einer der mysteriösesten Fälle der letzten Jahre, und man darf auf Überraschungen gefaßt sein.

Wer brachte Madame Jave um? Warum? Und warum schloß man ihre völlig nackte Leiche in einem Wandschrank hinter dem Sprechzimmer ihres Mannes ein?

Während wir die Reaktionen abwarten, die nicht ausbleiben werden, können wir einige Informationen über die Personen, die in diese Geschichte verwickelt sind, bekanntgeben.

Der in Poitiers geborene Dr. Philippe Jave ist fünfundvierzig Jahre alt und war, nachdem er sein Studium an der Éle de Médecine, Paris, glänzend abgeschlossen hatte, als Assistenzarzt tätig.

Bis zu seiner Heirat lebte er in Issy-les-Moulineaux,

hatte dort eine sehr bescheidene Praxis, und seine Patienten waren hauptsächlich Arbeiter aus den benachbarten Fabriken.

Vor fünf Jahren heiratete er die sechzehn Jahre jüngere Éveline Le Guérec, die also neunundzwanzig Jahre alt war, als sie starb.

Ihre Familie besitzt in Concarneau eine Konservenfabrik, und die Sardinenmarke »Le Guérec et Laurent« ist für jede Hausfrau ein Begriff.

Gleich nach der Hochzeit zog das Paar in eine luxuriöse Wohnung am Boulevard Haussmann, und Dr. Jave wurde bald einer der gesuchtesten Ärzte der Hauptstadt.

Zwei Jahre später starb der Vater Le Guérec und hinterließ das Geschäft in Concarneau seinem Sohn Yves und seiner Tochter.

Das Ehepaar Jave hat ein dreijähriges Töchterchen namens Michèle.

Dr. Négrel ist ebenfalls ein brillanter Arzt. Er ist dreißig Jahre alt, Junggeselle und wohnt immer noch in seiner bescheidenen Studentenbude in der Rue des Saint-Pères.

Er besitzt keine eigene Praxis und arbeitet mit Professor Lebier zusammen. Es ist das erste Mal, daß er für einen seiner Kollegen eine Ferienvertretung übernahm.

Wir versuchten herauszubekommen, ob die Javes und Dr. Négrel vor dieser Vertretung freundschaftliche Beziehungen unterhalten hatten, konnten aber nichts darüber erfahren.

Überall, sei es am Quai des Orfèvres, am Boulevard

Haussmann oder in der Ärzteschaft, stößt man auf ein seltsames Schweigen.

Auch die Concierge ist nicht viel gesprächiger und versichert nur, nichts von Madame Javes Anwesenheit in der Wohnung gewußt zu haben.

Die Recherchen unseres Korrespondenten an der Côte d'Azur führten immerhin zu einem wenn auch bescheidenen Resultat. Am Flughafen in Nizza wurde eine Passagierin gesehen, auf die die Beschreibung von Madame Jave zutrifft und die am Samstag früh um neun Uhr fünfzehn in das Flugzeug einstieg, das um elf Uhr fünfzehn in Orly landet. Die Fluggesellschaft weigert sich anzugeben, ob sie in der Passagierliste eingetragen war oder nicht.

Im Zeitpunkt der Drucklegung nimmt Dr. Paul die Autopsie vor.

Als Maigret nach Hause kam, schnitt er den Artikel sorgfältig aus und steckte ihn in einen Umschlag aus Packpapier, wie er es am Quai immer machte, wenn er eine Akte anlegte.

Nur enthielten seine Akten am Quai des Orfèvres die authentischen Originaldokumente, während er sich hier mit den mehr oder weniger phantasiereichen Zeitungsartikeln begnügen mußte.

»Bist du fertig, Madame Maigret?«

Sie kam aus dem Schlafzimmer in einem hellen Baumwollkleid, mit einem kleinen weißen Hut auf dem Kopf und in weißen Handschuhen; als sie Arm in Arm auf dem Gehsteig spazierten, konnte man sie wirklich für ein Paar halten, das im Urlaub war.

»Es sieht so aus, als ob es dir allmählich Spaß machen würde«, bemerkte sie nach einem Seitenblick.

Er antwortete nicht, lächelte aber; er dachte nicht an die arme Madame Jave, sondern stellte sich vor, wie Janvier sich mit diesem Fall abplagte, den er sicher unbedingt ganz allein erfolgreich beenden wollte.

2

Das Abendessen bei Père Jules

Einen Calvados für alle?« fragte er und zog seine Pfeife aus der Tasche, als die Kellnerin in weißer Schürze den Kaffee servierte.

Er verstand den Blick, den seine Frau ihm und danach, etwas verstohlener, Pardon zuwarf. Er war nicht betrunken, nicht einmal angeheitert. Er konnte kaum mehr als die anderen getrunken haben, und trotzdem wußte er um ein Funkeln in seinen Augen, um eine schleppende Sprechweise, die er sonst an sich nicht kannte.

Während des Essens hatte Madame Maigret ihn zweimal mit einem Anflug von Rührung beobachtet, zuerst, als er gebratene Gründlinge bestellt, dann, als er gegrillte Andouille mit Pommes frites verlangt hatte.

Sie hatte das Restaurant gleich wiedererkannt, das sie seit zwanzig Jahren nicht mehr betreten hatten und wo sie früher nur zweimal gewesen waren. Es hieß immer noch Chez le Père Jules. Die Holztische waren durch solche aus grellfarbigem Plastik ersetzt und die Bar drinnen war modernisiert worden. Erstaunlich war, daß der Père Jules immer noch existierte und scheinbar nicht älter geworden war, so daß er mit seinem weißen Haarschopf wie ein Statist mit Perücke aussah.

Während sie im Auto der Pardons nach Joinville gefahren waren, hatte Maigret dafür das Restaurant ausgesucht; es lag gegenüber der Ile d'Amour, um die Ruder- und Paddelboote glitten.

Nebenan wurde getanzt, und die lauten Akkorde von dort vermischten sich mit der Grammofonmusik im Restaurant. Es waren nicht viele Gäste da, die meisten hatten ihr Jackett ausgezogen, und manche waren wie zu einem nachbarschaftlichen Besuch gekommen.

Blieb Maigret dem Programm nicht treu, das er sich für seinen Urlaub vorgenommen hatte?

»Es gibt Dinge, von denen man dauernd spricht, die man sogar vor sich hinträllert und doch nie macht«, hatte er zu Beginn der Mahlzeit erklärt, »zum Beispiel in einem Bistro am Ufer der Marne gebratenen Fisch essen. Sagen Sie, Pardon, wie oft haben Sie am Ufer der Marne gebratenen Fisch gegessen?«

Der Arzt hatte versucht, sich zu erinnern. Seine Frau hatte sich darüber amüsiert und geantwortet:

»Einmal, als mein Mann noch keine Patienten hatte.«

»Sehen Sie! Wir zweimal. Man nimmt sich auch vor, Arm in Arm durch die Straßen von Paris zu flanieren...«

»Ach ja, die Zeit!« hatte Pardon geseufzt.

»Nun, diesmal nehme ich sie mir. Was glauben Sie haben wir heute nachmittag gemacht? Wir fuhren mit dem Bus zur Place Saint-Augustin, und, Wunder über

Wunder, der Bus war beinahe leer. Wir blieben kein einziges Mal im Verkehr stecken. Auf dem Rückweg gingen wir zu Fuß den Boulevard Haussmann hinauf...«

»Ohne Pause?«

»Ohne Pause.«

Maigret hatte sich natürlich das Haus von Dr. Jave angesehen. Vor der sauber gestrichenen Toreinfahrt hatte eine Gruppe Neugieriger und ein Polizist in Uniform gestanden, der sie gelangweilt beobachtete. Zum ersten Mal hatte sich Maigret auf der Seite der Gaffer befunden, und das hatte ihm Spaß gemacht. Das Haus stand zwischen einem Orientteppichladen und der Auslage einer Modistin, die sehr teuer sein mußte, denn im Schaufenster sah man nur einen einzigen Hut.

Es war genau das gutbürgerliche, stattliche, ein bißchen altmodische Haus, das er sich vorgestellt hatte.

Dann waren sie, immer noch zu Fuß, zur Place des Ternes hinaufgegangen und hatten dort auf einer Kaffeeterrasse etwas getrunken, bevor sie durch die Avenue de Wagram und die Champs-Élysées den Rückweg antraten wie Provinzler, die sich in Paris auf der Durchreise befinden.

»Es ist herrlich!« hatte Maigret zum Schluß gesagt und sein sonderbares Menu zusammengestellt.

Er hatte den ersten dankbaren Blick seiner Frau aufgefangen, als er genau das gleiche Menu wie damals bestellt hatte. Alles schien ihn zu begeistern, die Musik, die Paare, die zum Tanz gingen, die Ruderer auf der Marne, die Nacht, die sie allmählich einhüllte. Man sah ihm an, daß er am liebsten wie die anderen die Jacke ausgezogen hätte, aber vielleicht wegen Pardon es nicht wagte. Madame Maigret warf Pardon einen Blick zu, der bedeutete:

»Sie sehen, es geht ihm besser!«

Es stimmte, er war entspannt, fühlte sich jünger. Die anderen wußten nicht, daß er sich im Frühjahr mehr Sorgen gemacht hatte, als er hatte zugeben und sich selber eingestehen wollen. Manchmal hatte er sich verbraucht, bei der geringsten Anstrengung müde gefühlt und sich gefragt, ob es ihm wohl wie Bodard gehen werde.

Das war einer seiner Kollegen in der Informationsabteilung gewesen, ein redlicher, übertrieben gewissenhafter Mann, der plötzlich zur Zielscheibe ungerechter Vorwürfe geworden war. Maigret war für ihn eingetreten, so gut er konnte, aber man hatte hinter dieser Angelegenheit ziemlich unsaubere politische Motive vermutet, Leute aus den oberen Kreisen, die Bodard opferten, um sich reinzuwaschen.

Sie hatten es geschafft. Bodard hatte fast sechs Monate lang mehr um seine Ehre als um seine Stellung gekämpft. Dann war er eines Morgens, als er die große Treppe im Quai des Orfèvres hinaufstieg, tot zusammengebrochen.

Vielleicht war es wegen Bodard, daß Maigret beschlossen hatte, Urlaub zu machen und sich die kleinen Freuden zu gönnen, die er sich sonst nie gönnte.

Wie dieses Abendessen am Ufer der Marne. Als er

die Pardons in der Rue Picpus abholte, hatte ihm der Arzt nur mitgeteilt:

»Jave ist nach Hause zurückgekehrt.«

»Und Négrel?« hatte Maigret gefragt.

»Ich weiß nicht.«

Es war eigenartig, von einem Mann wie Pardon, der nicht vom Fach war, diese Neuigkeiten zu erfahren. Beim Essen hatten sie nicht mehr darüber gesprochen. Als jetzt für die Männer Calvados und für die beiden Frauen Likör serviert wurde, rückten diese beiden wie in der Rue de Picpus automatisch ihre Stühle zusammen und begannen halblaut miteinander zu plaudern.

Die Luft war mild und feucht, und vom Fluß stieg ein leichter Dunst auf.

Ein Pärchen ließ sich in einem Boot von der Strömung treiben und spielte zärtliche Lieder auf einem Grammofon.

»Vorhin hatte ich Deberlin am Apparat«, sagte Pardon, »es hat sich herausgestellt, daß er Jave gut kennt, mit ihm zusammen im Internat war und ihn bis vor kurzem oft besuchte.«

»Was sagt er dazu?«

»Jave, so scheint es, stammt aus einer sehr einfachen Familie aus Poitiers. Sein Vater war Buchhalter in einer Bank und seine Mutter Lehrerin. Sein Vater starb, als er noch klein war, und die Mutter zog ihn groß. Er konnte sein Studium nur mit Hilfe von Stipendien beenden, und sein Studentenleben scheint nicht leicht gewesen zu sein.

Nach dem, was Deberlin sagt, ist Jave ein Streber, intelligent, verschlossen, und hat einen eisernen Willen. Man erwartete, daß er sich für die Kardiologie entscheiden würde, da er sich leidenschaftlich dafür interessierte, vielleicht weil er miterlebt hatte, wie sein Vater an Angina pectoris starb.

Statt dessen eröffnete er eine schäbige Praxis in Issy-les-Moulineaux und führte ein anstrengendes Leben wie die meisten Vorortärzte, die vierzehn bis fünfzehn Stunden am Tag arbeiten.

Er war achtunddreißig oder neununddreißig Jahre alt, als er in Beuzec in der Nähe von Concarneau im Urlaub war und dort Éveline kennenlernte.«

»Das Fräulein Le Guérec?«

»Ja. Sie verliebten sich offenbar ineinander, und er heiratete sie. Deberlin besuchte das Paar öfter am Boulevard Haussmann, wohin es gleich nach der Hochzeit gezogen war. Deberlin hatte den Eindruck, daß sie eine glückliche Ehe führten.

Éveline war eigentlich hübsch, aber niemand hätte sich auf der Straße nach ihr umgedreht. Im Haus ihres Vaters, der Witwer war, hatte sie eine freudlose Kindheit verlebt. Sie war schüchtern und zurückhaltend und hatte, wie Deberlin sagte, ein kümmerliches Lächeln.

Deberlin ist überzeugt, daß mit ihrer Gesundheit etwas nicht stimmte, aber er weiß nicht was, denn Jave ist ein verschwiegener Bursche.

Das ist ungefähr alles, was ich erfahren konnte, außer daß die Javes über die Geburt ihrer kleinen Tochter sehr glücklich waren.

Sie gingen ziemlich oft aus, empfingen etwa einmal in der Woche Gäste. Deberlin war praktisch der einzige von Philippes alten Freunden, der sie weiterhin besuchte.«

»Wie haben Sie erfahren, daß er zurückgekommen ist?«

»Durch das Radio, ganz einfach.«

Maigret, der auch ein Radio besaß, kam nie auf die Idee, es anzustellen.

»In den Sieben-Uhr-Nachrichten wurde gemeldet, daß die Ermittlungen ihren Lauf nähmen und daß Dr. Jave ganz gebrochen in die Wohnung am Boulevard Haussmann zurückgekehrt sei.«

Da saßen sie auf der Terrasse eines Vorortbistros, schauten in die Lichter, die sich in der Marne spiegelten, und schlürften alten Calvados. Was machte wohl Janvier gerade? War er in seinem Büro am Quai des Orfèvres, um Zeugen zu vernehmen und auf Informationen von seinen Kollegen zu warten, die in Paris und andernorts ihre Aufträge erledigten? Hatte er sich traditionsgemäß, weil er keine Zeit zum Essen hatte, Sandwiches und Bier aus der Brasserie Dauphine bringen lassen?

Pardon sah wohl eine gewisse Wehmut über sein Gesicht huschen, denn er fragte:

»Nicht zu sehr in Versuchung?«

Maigret schaute ihm unbefangen in die Augen, überlegte einen Augenblick und sagte:

»Nein.«

Es stimmte. Der Fall Boulevard Haussmann schien einer der mühseligsten und aufregendsten zu sein, die er kennengelernt hatte. Schon durch das Milieu wurde er heikler als jeder andere Fall. Es war immer schwierig, gegen Leute einer bestimmten Gesellschaftsschicht vorzugehen, denn die kleinste Dummheit konnte unangenehme Folgen nach sich ziehen. Hier handelte es sich nun um Ärzte. In gewissen Berufen erhielt sich mehr als in anderen ein Korpsgeist, zum Beispiel bei den Offizieren oder bei den Lehrern, bei den Kolonialsoldaten oder auch, so seltsam es scheinen mochte, bei den Postbeamten.

Für Janvier, der eine amtliche Untersuchung durchführte, war es sicher nicht so leicht, sich Informationen über Jave und Négrel zu verschaffen wie für Maigret, dem die Freundschaft mit Pardon zugute kam.

Außerdem war der arme Janvier an Richter Coméliau geraten, mit dem bestimmt schwieriger als mit allen andern Beamten auszukommen war. Coméliau fürchtete die Presse. Jeder Artikel über einen Fall, in dem er zu ermitteln hatte, versetzte ihn in Angst oder in blanke Wut.

»Vor allem den Reportern nichts sagen!« ordnete er immer an.

Andererseits neigte er dazu, den erstbesten Verdächtigen für den Schuldigen zu halten und ihn nicht mehr freizulassen, um der Kritik der Presse, die leicht die Geduld verliert, zu entgehen.

Fünfzigmal, hundertmal im Verlauf seiner Karriere hatte Maigret ihm die Stirn geboten und manchmal seine Stellung riskiert.

»Worauf warten Sie noch, bis Sie ihn festnehmen?« pflegte ihn der kleine Richter mit dem spitzen Schnurrbart anzuschreien.

»Daß er sich den Strick um den Hals legt.«

»Oder daß er über die Grenze geht, nicht wahr? Damit sich dann die Käseblätter nach Herzenslust darauf stürzen können ...«

Janvier besaß nicht die Geduld Maigrets, dessen sturen oder abwesenden Gesichtsausdruck, wenn Coméliau in Wut geriet. Maigret war überzeugt, daß Janvier wegen Coméliau die Presse gleich zu Beginn der Untersuchung gegen sich aufgebracht hatte, als er die elementarsten Informationen verweigerte.

»Nichts über Gilbert Négrel?«

»Nichts anderes, als was ich Ihnen schon gesagt habe. Er ist ein Einzelgänger. Außer an seinem Arbeitsplatz bei Professor Lebier sieht man ihn nur selten, und ich habe nicht die geringste Ahnung von seinem Privatleben. Er scheint kein Vermögen zu haben, da er noch nicht an die Eröffnung einer Praxis gedacht hat. Oder aber er bereitet seine Habilitation vor und will Professor werden.«

Es wäre doch einfach gewesen, Dr. Paul, den Gerichtsarzt, der ein Freund von ihm war, anzurufen, um die Ergebnisse der Autopsie zu erfahren. Woran war Éveline Jave gestorben? In den Zeitungen war weder von einem Revolver, noch von einem Messer, noch von Erdrosselung die Rede.

Wenn die Todesursache ein Unfall gewesen wäre, hätte es keinen Grund gegeben, ihre Leiche buchstäblich zusammenzulegen und in einen Wandschrank zu stopfen.

»Sagen Sie, Pardon, wie lange läßt sich nach dem Tod ein Körper noch biegen?«

»Das hängt von der Leichenstarre ab. Diese wiederum hängt von verschiedenen Faktoren ab, unter anderem von der Umgebungstemperatur. In gewissen Fällen tritt sie nach einer Stunde ein. In anderen nach mehreren Stunden.«

Das brachte ihn nicht weiter. Im übrigen wollte er sich nicht zu sehr mit diesem Fall befassen. Er hatte beschlossen, ihn genauso wie alle Zeitungsleser in Frankreich zu verfolgen, weiter nichts.

Er war nur einer aus dem Publikum und kein Polizeibeamter. Das einzige, was ihm Sorgen machte, war die Verantwortung, die auf Janvier lastete, der zum ersten Mal allein die Kriminalpolizei vertreten mußte, jetzt während der Ferienzeit, da mindestens die Hälfte des Personals nicht greifbar war.

»Vor allem müßte man wissen, ob Jave im Augenblick, da seine Frau starb, in Cannes war.«

Das war leicht nachzuprüfen, und Janvier hatte sicher daran gedacht. Nur wußte er, Maigret, nichts über das Ergebnis der Nachforschungen.

Die Antwort bekam er erst am nächsten Morgen, als er gleich um acht Uhr hinunterging, um die Zeitungen zu kaufen. Die Pardons hatten sie gegen Mitternacht vor der Haustür abgesetzt. Beim Ausziehen hatte Madame Maigret etwas später gemurmelt:

»Versprichst du mir, nicht ins Büro zu gehen?«

»Ich schwöre es.«

»Es geht dir schon viel besser, weißt du! Nach drei Tagen Ruhe bist du ein anderer Mensch geworden. Wenn du dich einer toten Frau wegen um deine Erholung bringen würdest ...«

»Ich werde mich nicht darum bringen.«

Sie war beruhigt, als sie sah, daß er den Schrank aufmachte und eine Flasche Calvados herausholte.

»Ein letztes Gläschen ...«, murmelte er.

Er trank nicht, weil er nervös oder deprimiert war oder um sich zu ermuntern, sondern im Gegenteil, weil er heute abend entspannt war. Es war der letzte kleine Genuß des Tages.

Nur, er wartete am nächsten Morgen nicht am Fenster, bis seine Frau das Bett machte, bevor er drunten die Zeitungen holte. Deswegen brach er aber nicht sein Wort. Er befaßte sich nicht mit dem Fall. Er verfolgte ihn wie die anderen Leser; das war nicht dasselbe.

Die Überschriften waren noch fetter gedruckt als am Vortag; die auffallendste hieß:

DAS DILEMMA DER BEIDEN ÄRZTE

Ein Blatt von der Konkurrenz schrieb vorsichtiger:

DAS GEHEIMNIS DER VIER SCHLÜSSEL

Das lief zwar ungefähr auf das gleiche hinaus. Die Polizei schien ihr Schweigen mehr oder weniger aufgegeben zu haben, denn endlich bekam man Informationen, die nur vom Quai des Orfèvres oder aus dem Büro des Untersuchungsrichters stammen konnten.

Zunächst wurde eine sehr unvollständige Zusammenfassung des gerichtsmedizinischen Befundes gegeben.

Die von Dr. Paul durchgeführte Autopsie ergab, daß der Bluterguß an der rechten Schläfe des Opfers, den wir gestern schon erwähnten, die Folge eines Schlags war, den die Frau unmittelbar bevor sie starb, erhalten hatte, doch war dieser Schlag nicht heftig genug, um den Tod herbeizuführen. Er erfolgte nicht mit einem stumpfen Gegenstand. Es könnte sich um einen gewöhnlichen Sturz auf den Boden oder um einen Faustschlag handeln.

Viel rätselhafter ist der Einstich am linken Schenkel von Éveline Jave, denn es steht außer Zweifel, daß er von einer subkutanen Spritze herrührt.

Welche Substanz wurde gespritzt? Dies wird man erst nach Untersuchung der inneren Organe und der Gewebe durch die Experten sagen können.

Das Opfer war nicht süchtig und gab sich nicht selber Spritzen, denn in diesem Fall hätte man Spuren von früheren Einstichen finden müssen. Ihr Mann machte außerdem in diesem Zusammenhang eine eindeutige Aussage...

Maigret hatte sich auf der gleichen Kaffeeterrasse der Place de la République niedergelassen wie am Tag zuvor, und der Himmel war ebenso gleichmäßig blau, die Luft mild und warm.

Wegen des Weins und des Calvados am vorherigen Abend hatte er einen Kaffee bestellt und rauchte langsam seine Pfeife, während er die drei Spalten mit den mehr oder weniger sensationellen Meldungen durchlas.

Eine überraschende Wendung ergab sich durch die Tatsache, daß Jave am Samstag zuvor nicht in Cannes gewesen und am Sonntagmorgen mit dem Train Bleu dorthin zurückgekehrt war.

Über die Vernehmung des Arztes wurde nichts berichtet. Für Maigret, der vom Fach war und wußte, wie die Zeitungen die Informationen interpretierten, war klar, daß etwas nicht stimmte.

Am Anfang hatte Jave offenbar ausgesagt, er habe am Samstagnachmittag mit dem Wagen eine Spazierfahrt nach Monte Carlo unternommen und die Nacht dort im Kasino zugebracht.

Zu seinem Pech hatten Flughafenangestellte in Nizza sein Auto gesehen, das von Samstagmittag bis Sonntagmorgen um zehn Uhr dort parkiert gewesen war.

Kurz, Janvier hatte gute Arbeit geleistet. Maigret konnte sich die vielen Telefonate vorstellen, die nötig gewesen waren, um den Hergang zu rekonstruieren.

Am Samstag um neun Uhr fünfzehn kam Éveline Jave im Taxi am Flughafen an und flog nach Paris.

Eine knappe Stunde später traf ihr Mann mit seinem Auto im gleichen Flughafen ein und erkundigte sich nach einem Flug. Es ging keine Maschine mehr vor Mittag.

Der Zufall wollte es, daß eine Viscount der British Airways, die infolge eines Motorschadens Verspätung hatte, zum Abflug nach London startbereit war. Er nahm diese Maschine und konnte in London sofort einen Flug nach Paris buchen, wo er um zwei Uhr nachmittags landete.

Die Concierge am Boulevard Haussmann blieb

jedoch bei ihrer Aussage. Sie hatte ihn ebensowenig wie seine Frau gesehen.

Diese Concierge war eine gewisse Madame Dubois, die der Reporter als noch jung und sympathisch beschrieb und die einen zehnjährigen Sohn hatte. Ihr Mann hatte sie ein paar Tage nach der Geburt des Sohnes verlassen, und seitdem hatte sie nie wieder etwas von ihm gehört.

Sie hatte, so wurde hinzugefügt, zwei Stunden am Quai des Orfèvres zugebracht und beim Verlassen des Gebäudes jede Erklärung verweigert.

Ihr Foto war abgebildet, aber es war schwierig, ihr Gesicht zu erkennen, weil sie es mit dem rechten Unterarm verdeckte.

Maigret kannte die Häuser am Boulevard Haussmann, die alle in der gleichen Zeit erbaut wurden und deshalb im Stil sehr ähnlich waren. Ihre Conciergelogen, die man über eine Art Salon erreichte, waren geräumig, und dank einer doppelten Glastür konnte man kontrollieren, wer ein und aus ging.

Madame Dubois hatte Josépha, das Dienstmädchen, um acht Uhr morgens gesehen, als sie kam. Sie hatte Dr. Négrel um neun Uhr vorbeigehen sehen. Sie hatte gesehen, daß er um zehn nach zwölf wieder heruntergekommen, um zwei Uhr erneut hinaufgegangen und um halb sechs schließlich weggegangen war.

Sonderbarerweise hatte sie weder Dr. Jave noch seine Frau gesehen.

Diese mußte aber in das Haus hineingekommen sein, da sie ja dort tot aufgefunden worden war. Nach dem Zeitungsbericht hatte Jave, als er in die Enge getrieben wurde, sich geweigert anzugeben, wie er am Samstagnachmittag in Paris die Zeit verbracht hatte, und sich hinter der ärztlichen Schweigepflicht verschanzt.

Man hatte ihn auf freien Fuß gesetzt. Nach den neuesten Meldungen hatte man auch Dr. Négrel auf freien Fuß gesetzt, was für Richter Coméliau ein furchtbarer Gewissenskampf gewesen sein mußte.

Als Madame Jave um elf Uhr fünfundzwanzig in Orly gelandet war, war sie in den Bus der Air France gestiegen, der sie am Boulevard des Capucines abgesetzt hatte. Der Chauffeur konnte sich an sie erinnern, weil sie ein weißes Kostüm getragen hatte, das sehr nach Côte d'Azur aussah und ihm aufgefallen war.

Das weiße Kostüm wie auch die dazu passenden Schuhe und die Unterwäsche waren verschwunden.

Am Boulevard des Capucines hatte sich die Spur der jungen Frau vollständig verloren bis zu dem Augenblick, als der Schlosser am Montagmorgen um neun Uhr in Gegenwart von Josépha und Négrel die Tür des Wandschranks öffnete.

Die Schlüsselfrage vereinfachte das Problem nicht. Wie die Tageszeitungen weiter meldeten, gab es vier Schlüssel, die zugleich zur Wohnungs- und zur Praxistür des Doktors paßten. Einen dieser Schlüssel hatte Josépha, einen Dr. Négrel für die Dauer seiner Vertretung gehabt. Jave hatte den dritten besessen, und der vierte schließlich war der Concierge anvertraut worden.

Éveline Jave hingegen besaß keinen Schlüssel für die Wohnung am Boulevard Haussmann.

Das bedeutete, daß ihr jemand die Tür aufgeschlossen haben mußte. Außer, natürlich, die Concierge hatte gelogen und ihr ihren Schlüssel ausgehändigt.

Wenn Dr. Paul wenigstens die Todeszeit genauer hätte angeben können. In seinem Bericht hieß es: *»Samstag zwischen vier Uhr nachmittags und zehn Uhr abends«*.

Um vier Uhr waren Négrel und auch Josépha noch am Boulevard Haussmann gewesen. Négrel war um halb sechs Uhr weggegangen, Josépha gegen sechs Uhr, da sie nichts zu tun hatte und bei ihrer Tochter zum Abendessen eingeladen war.

Jave hingegen war ab zwei Uhr nachmittags in Paris gewesen, war aber um fünf vor acht an der Gare de Lyon in den Train Bleu gestiegen.

Die Zeitung brachte einen Schnappschuß von Josépha, der zeigte, wie sie die Wohnung ihrer Tochter in der Rue Washington verließ. Sie war eine große, dürre Frau, deren Gebaren leicht männlich wirkte. Der Reporter ließ durchblicken, daß ihre neunundzwanzigjährige Tochter Antoinette einen nicht gerade untadeligen Lebenswandel führte.

Trotzdem schienen sich Mutter und Tochter ausgezeichnet zu verstehen. Josépha hatte am Boulevard Haussmann im sechsten Stock wie die anderen Hausangestellten ein Zimmer, übernachtete aber, so oft es ging, bei ihrer Tochter, wo ein Bett für sie bereitstand. Das war auch am Samstagabend und am Sonntag der Fall gewesen.

Als der Fotoreporter einen Schnappschuß von ihr gemacht hatte, hatte sie ihr Gesicht nicht wie die

Concierge verdeckt, sondern trotzig in den Apparat geblickt.

Das Kindermädchen wohnte weiterhin abgeschirmt zusammen mit dem Kind in der Villa Marie-Thérèse in Cannes, und die Lokalreporter hatten vergeblich an der Tür geklingelt.

In der dritten Spalte unten die neuste Meldung: Yves Le Guérec, Évelines Bruder, der die Fabrik in Concarneau leitete, war in Paris eingetroffen und hatte sich im Hôtel Scribe einquartiert.

Maigret trank seinen Kaffee aus, überlegte kurz, ob er noch etwas bestellen solle, legte seine Zeitungen zusammen und ging um den Platz herum.

Im allgemeinen rief ein Kriminalfall einen oder mehrere andere in Erinnerung, denn weder die Tatmotive noch die Mordinstrumente sind allzu zahlreich.

Er versuchte sich aber vergebens an einen ähnlichen Fall zu erinnern. Er hatte mit vier oder fünf Ärzten zu tun gehabt, die straffällig geworden waren. Einer von ihnen hatte vor fünfzehn Jahren in Toulouse eine seiner Patientinnen ermordet, indem er ihr absichtlich eine tödliche Dosis eines gifthaltigen Medikaments verabreicht hatte. Erst drei Jahre später kam es zufällig heraus, daß er dieser Patientin eine ziemlich große Summe geschuldet und keine andere Möglichkeit gesehen hatte, seine Schulden loszuwerden.

Ein anderer, im Massif Central lebender Arzt hatte etwa zur gleichen Zeit eine subkutane Spritze verwendet, um eine nicht verschriebene Substanz zu injizieren. Danach hatte er behauptet, es habe sich um einen

Irrtum gehandelt, was zu seinen Gunsten sprach, denn es war nicht auszuschließen, daß er die Ampulle verwechselt hatte, nachdem er einen aufreibenden Arbeitstag hinter sich hatte und da das Krankenzimmer überdies im Halbdunkel lag.

Bis jetzt sah es so aus, als ob Éveline Jave auf die gleiche Art und Weise getötet worden wäre.

Aber im Gegensatz zu den früheren Fällen ging es diesmal nicht um einen, sondern um zwei Ärzte.

Hatte ihr Mann Grund gehabt, sie umzubringen? Sie war reich. Durch seine Heirat hatte er aus dem Vorort, wo er ein hartes und freudloses Dasein gefristet hatte, wegziehen und eine mondäne Arztpraxis in der Hauptstadt eröffnen können.

Hatte er ein Verhältnis? Wollte er eine zweite Ehe eingehen? Oder drohte ihm seine Frau mit der Scheidung, weil sie irgendeinem Seitensprung auf die Spur gekommen war?

Alles war möglich.

Sogar ein Eifersuchtsdrama. Niemand wußte, unter welchen Umständen Éveline am Samstagmorgen Cannes verlassen hatte. Was hatte sie ihrem Mann gesagt? War er mit dieser Reise einverstanden gewesen? Und wenn ja, hatte dann Jave nicht den Verdacht, daß sie anderswo hinfahren würde, als sie gesagt hatte?

Sicher war, daß er ihr auf schnellstem Wege gefolgt und kurz nach ihr in Paris eingetroffen war.

War Éveline Jave die Geliebte des jungen Négrel gewesen? Schon seit langem? Hatte sie ihrem Mann den Vorschlag gemacht, ihm die Ferienvertretung zu übergeben?

Auch Négrel konnte seine Gründe gehabt haben, sie loszuwerden. Wenn er zum Beispiel andere Heiratsabsichten hatte und sie ihrerseits unbedingt ihren Mann hatte verlassen wollen, um mit ihm eine Ehe einzugehen.

Oder auch ...

Maigret schlug nicht den Weg zum Boulevard Richard-Lenoir ein, sondern ging die Grands Boulevards entlang, die er selten so leer gesehen hatte. In der Nähe der Porte Saint-Denis betrat er eine Brasserie, setzte sich und bestellte ein kleines Bier und etwas zum Schreiben.

Jetzt, da er zur großen Publikumsmasse gehörte, würde er das Spiel bis zu Ende mitspielen, und er lächelte ironisch, als er in Druckbuchstaben schrieb:

ABER WARUM ZUM TEUFEL WAR SIE NACKT?

Auf den Umschlag setzte er Janviers Namen und adressierte ihn an den Quai des Orfèvres. Natürlich unterschrieb er nicht. Die Leute, die der Polizei Hinweise gaben, unterzeichneten ihre Mitteilungen selten. Er stellte sich das Gesicht von Moers im Labor vor, falls er die Fingerabdrücke untersuchen müßte, denn Maigrets Abdrücke waren bei ihm registriert.

Aber der Brief war so harmlos, daß Janvier keine solche Anordnung geben würde. Er würde wahrscheinlich eher die Achseln zucken.

Dennoch war das vielleicht der entscheidende Punkt. Entweder hatte sich die junge Frau selbst ausgezogen, oder man hatte sie nach ihrem Tod entkleidet.

Da der Körper keine Verletzungen aufwies, waren die Kleider nicht mit Blut befleckt, und deshalb fand Maigret keinen triftigen Grund dafür, daß sie entfernt worden waren.

Warum aber hätte sie selbst sich zwischen vier Uhr nachmittags und zehn Uhr abends bis auf die Haut entkleiden sollen? Um sich umzuziehen? Das hätte sie in der Wohnung auf der anderen Seite des Treppenflurs getan, wo sich ihr Schlafzimmer und ihre Kleider befanden.

Auch hatte sie kein Bad nehmen wollen. In einer der Zeitungen war ein genauer Grundriß der Räumlichkeiten veröffentlicht.

Die Wohnung rechts bestand aus einem Entrée, einem großen Salon, einem kleineren Salon, der als Boudoir bezeichnet wurde, aus drei Schlafzimmern, einem Eßzimmer, einer Küche und einem Bad.

Die Wohnung links, die Jave als Praxis benutzte, war ähnlich eingeteilt, doch erfüllten die Räume dort einen anderen Zweck.

Sicher gehörte die Praxis zu den luxuriösesten von Paris. Der Salon diente als Wartezimmer und war, wie in der Zeitung stand, mit Möbeln in reinem Empire ausgestattet. Das Boudoir, auch in Empire, war Javes Büro, wo die Patientengespräche stattfanden, bevor er in ein anderes Zimmer ging, in dem er die Untersuchungen vornahm.

Neben diesem Sprechzimmer, das einem der Schlafzimmer gegenüber entsprach, lag ein Raum, der für die Röntgenuntersuchungen und für gewisse Eingriffe bestimmt war.

Im Labor schließlich waren vom Boden bis zur Decke ringsum Wandschränke eingebaut. Das zweckentfremdete Bad diente als Abstellkammer für die großen Koffer und die Reisetaschen des Ehepaars, und in der Küche standen die Putzsachen und die Dinge, die man sonst nirgends unterzubringen wußte.

In einem letzten Raum standen ein Bett und die üblichen Schlafzimmermöbel; scheinbar hatte er den Javes als Gästezimmer gedient, und der Arzt hatte sich dort, wenn er übermüdet war, kurz ausgeruht.

Der Bericht sagte nicht aus, ob das Bett ungemacht vorgefunden worden war. Angenommen, Éveline war in der Wohnung gegenüber getötet worden, warum wäre man dann das Risiko eingegangen, die Leiche durch den Treppenflur zu tragen, gab es doch auch dort Wandschränke, in denen man sie hätte verstecken können?

Warum waren ihre Kleider entfernt worden?

Hatte der Mörder vielleicht die Absicht zurückzukommen, um die Leiche zu holen und sie in die Seine oder in einen Wald in der Umgebung zu werfen?

Das warf eine andere Frage auf. Jave war aus Cannes ohne sein Auto gekommen, das er am Flugplatz in Nizza stehengelassen hatte.

Besaß Négrel auch ein Auto?

Die Zeitungen schwiegen sich über diesen Punkt aus.

Wenn der Mörder die Absicht gehabt hatte, die Leiche verschwinden zu lassen, bestand die Möglichkeit, daß er über ein Fahrzeug verfügt hatte ...

Maigret war weitergegangen und blieb unwillkürlich vor den ihm vertrauten Schaufenstern stehen, denn er ging mit seiner Frau meistens in das gegenüberliegende Kino.

Vor einem Juwelierladen sah er in einem Spiegel, daß er die Stirn runzelte und vor lauter Nachdenken ziemlich grimmig aussah; er mußte über sich selbst lachen.

All das hatte eigentlich nichts zu bedeuten. Es entbehrte jeder Grundlage. Plötzlich begriff er die Denkweise des Publikums, das nur durch Zeitungsberichte etwas über Verbrechen erfährt.

Die Geschichte mit dem Fahrzeug stimmte nicht. Hatte er in seiner Laufbahn nicht mindestens dreimal erlebt, daß Mörder – darunter war eine Frau – ihr Opfer im Taxi zu einer Bahnhof-Gepäckablage brachten? Man brauchte dazu nur einen ziemlich großen Koffer oder einen der Körbe, die in jedem Geschäft erhältlich sind.

Hatte man in diesem Fall nicht beabsichtigt, die Tote vor dieser letzten Reise zu entstellen, um sie unkenntlich zu machen und ihre Identifizierung zu verunmöglichen?

Wenn Négrel der Täter war, warum war er dann nicht am Sonntag zurückgekommen, um das zu erledigen, da ja Josépha bei ihrer Tochter gewesen war und er deshalb freie Hand gehabt hätte?

Auch darauf gab es eine Antwort: Am Sonntag bestand für ihn keine Veranlassung, sich ins Haus am Boulevard Haussmann zu begeben, und die Concierge hätte ihn bestimmt eintreten sehen, vor allem, wenn er danach mit einem schweren Koffer fortgegangen wäre.

»Du scheinst guter Laune zu sein«, bemerkte seine Frau zu ihm, als sie die Wohnungstür öffnete.

Der Grund war, daß er sich über sich selbst amüsierte. Er war dabei, den Amateurdetektiv zu spielen, ausgerechnet er, der sich immer darüber lustig gemacht hatte. Drüben im Quai arbeiteten sie aufgrund genau ermittelter Tatbestände, und wenn eine Vermutung auftauchte, hatten sie die Möglichkeit, sie zu überprüfen.

Madame Maigret war beinahe zum Ausgehen bereit. Es fehlten nur noch Hut und Handtasche, denn Maigret hatte beschlossen, sie zum Mittagessen in ein italienisches Restaurant am Boulevard de Clichy auszuführen.

Es mochte seltsam scheinen, aber auf diesem Gebiet überließ er nichts dem Zufall. Wenn er auch kein genaues Programm hatte, nach dem er seine Tage verbrachte, und dabei seiner Phantasie freien Lauf ließ, hatte er doch eine grundsätzliche Vorstellung darüber.

Wie er seinem Freund Pardon am Vorabend gestanden hatte, erfüllte er sich seine kleinen Wünsche, die er im beruflichen Alltag nie realisieren konnte.

Deshalb hatte er den Père Jules wieder aufgesucht und dort gebratenen Gründling sowie gegrillte Audouille gegessen. Es war vielleicht nicht so gut wie zwanzig Jahre zuvor, aber er war glücklich gewesen.

Er war auch zufrieden, wenn er morgens am Fenster das Hin und Her auf dem Boulevard Richard-Lenoir beobachten und zusehen konnte, wie die

Lastwagen bei Catoire et Potut ankamen und fortfuhren.

Das italienische Restaurant am Boulevard de Clichy, wohin er seine Frau ausführte, kannte er nicht. Er war noch nie drinnen gewesen, aber mehrmals daran vorbeigegangen, und jedesmal, wenn er einen kurzen Blick in den halbdunklen Raum hineinwarf, hatte er sich gesagt, wie nett es sein müßte, dort Spaghetti zu essen.

Noch etwas würde er tun, aber er würde es seiner Frau nicht sagen, aus Furcht, sie könnte ihn auslachen. Vielleicht müßte er einen wenig besuchten Ort aussuchen, die Place des Vosges zum Beispiel oder den Parc Montsouris?

Er hatte Lust, sich auf eine Bank zu setzen und lange ganz ruhig sitzenzubleiben, ohne an etwas zu denken, seine Pfeife zu rauchen und den Kindern beim Spielen zuzuschauen.

»Bist du bereit?« fragte Madame Maigret und zog die weißen Häkelhandschuhe an.

Sie duftete nach Parfum, wie am Sonntag oder an den Abenden, an denen sie ins Kino gingen, und trug ein geblümtes Kleid.

»Gleich.«

Er mußte nur noch die Artikel der Morgenzeitungen ausschneiden und in den gelben Ordner stecken.

Nach dem Mittagessen würden sie wie Touristen gemächlich zur Sacré-Cœur hinaufspazieren, und in der Rue Lepic würde Madame Maigret ab und zu stehenbleiben, um zu verschnaufen.

3

Die Meinung des Liebespaars

Sie hatten sich einen weiß und blau gestreiften Sonnenschirm ausgesucht. Denn drei Cafés wetteiferten an der Place du Tertre miteinander, und weil jedes seine Terrasse so weit wie möglich ausdehnte, wirkten die Sonnenschirme wie orangefarbene, dunkelblaue, weiß und blau gestreifte Fahnen. Sie hatten die gleichen Metallstühle und auch die gleichen Tische und sicher auch den gleichen Vin gris, der in Krügen serviert wurde. Es ging zu wie auf einem endlos dauernden Fest. Die Busse, die aus einer Gasse auftauchten, schienen die Hauswände beiseitezuschieben, Touristen waren mit Fotoapparaten bewaffnet, Maler, vor allem Frauen, saßen vor ihrer Staffelei.

Sogar ein Feuerschlucker war da, der obendrein noch Säbel verschlang.

Auch hier schauten sich Maigret und seine Frau in die Augen. Sie redeten nie viel, wenn sie zusammen waren. In den Blicken, die sie jetzt zum Beispiel wechselten, lag Sehnsucht und Dankbarkeit.

Es war nicht mehr die Place du Tertre, die sie gekannt hatten, als Maigret seine Laufbahn als Sekretär in einem Polizeikommissariat begann, bestimmt nicht, aber es war trotzdem amüsant; der Platz glich jetzt einem bunten, lärmenden Jahrmarkt, dessen Vulgarität aufdringlicher geworden war. Hatten nicht auch sie sich verändert? Warum sollten sie von der übrigen Welt verlangen, daß sie stehenbleibe, während sie selbst alt wurden?

Ungefähr diese Gedanken lagen in ihren Blicken, mit denen sie sich auch beim anderen bedankten.

Der Wein war kühl, ein bißchen säuerlich. Der Klappstuhl quietschte unter dem Gewicht des Kommissars, der die Angewohnheit hatte, sich nach hinten zu lehnen. Neben ihnen hielten sich zwei Verliebte, die zusammen keine vierzig Jahre alt waren, an den Händen und schauten schweigend dem Touristenbetrieb zu. Der Junge hatte zu lange, das Mädchen zu kurzgeschnittene Haare. Die Häuser waren frisch verputzt wie für eine Operettenkulisse. Der Fremdenführer eines Cars erklärte durch das Megaphon zuerst etwas auf englisch, dann auf deutsch.

In diesem Augenblick tauchte ein Zeitungsverkäufer auf; auch seine Worte waren undeutlich, und man verstand nur:

»...sensationelle Enthüllungen...«

Maigret streckte den Arm aus und schnalzte mit den Fingern wie in der Schule. Er kaufte die beiden Abendzeitungen, die von zwei Konkurrenzblättern herausgegeben wurden, und das Liebespaar neben ihnen begnügte sich mit einer einzigen Zeitung.

Er behielt das Blatt, für das der kleine Lassagne arbeitete, und gab das andere seiner Frau.

Auf der ersten Seite war in Großformat das Foto

eines jungen Mädchens im Badeanzug abgebildet, das an einem Boot lehnte. Das Mädchen hatte dünne Beine und zwei kleine, spitze, kaum entwickelte Brüste. Es lächelte verlegen und schüchtern in die Kamera.

Warum hatte man den Eindruck, daß es ein vom Schicksal auserkorenes Opfer war? Das Bild war unscharf. Die Zeitung hatte einen Schnappschuß vergrößert, der bei schlechtem Licht am Strand aufgenommen worden war.

»Éveline Jave«, konnte man unter dem Bild lesen, *»von ihrem Bruder in dem Jahr, da sie Doktor Jave kennenlernte, aufgenommen.«*

Ein braves, melancholisches Provinzmädchen, das offenbar streng erzogen worden war und sich nach einem anderen Leben sehnte.

Wie weiter unten stand, hatte Yves Le Guérec das Dokument dem kleinen Lassagne überlassen.

Unser Gespräch mit Dr. Négrel

So hatte also einer der beiden Männer eingewilligt, wenn auch nicht alle, so doch wenigstens einen Journalisten zu empfangen. Der hagere, rothaarige Lassagne, der flink war wie ein Wiesel, hatte sicher aufregende Stunden hinter sich, und Maigret stellte sich vor, wie er in die Zeitungsredaktion zurückkehrte und an seinen Schreibtisch stürzte, um seinen Artikel zu schreiben, den die Bürogehilfen abschnittweise in die Setzerei brachten.

Wenn es auch nicht sensationell war, wie der Zeitungsverkäufer gerufen hatte, wenn es sich auch nicht um eigentliche Enthüllungen handelte, so war der Artikel trotzdem interessant.

Lassagne schilderte wie gewöhnlich zuerst das Milieu.

In seiner Unterkunft in der Rue des Saints-Pères, die sich in einem alten Gebäude gleich neben Saint-Germain-des-Prés befindet, hat uns Dr. Négrel ein Exklusivinterview gewährt.

Das Haus war früher ein Privatsitz, und der Giebel trägt immer noch ein berühmtes französisches Familienwappen, doch werden die baufälligen Räumlichkeiten schon lange von mehreren Familien bewohnt.

Der Hof ist vollgestopft mit Mopeds, Fahrrädern und Kinderwagen. Im Erdgeschoß hat ein Schreiner seine Werkstatt, und die Treppe mit dem prächtigen schmiedeeisernen Geländer ist ausgetreten.

Wir stiegen in den vierten Stock mit den Mansarden, wo früher das Personal wohnte, und klopften am Ende eines dunklen Flurs an eine Tür, an der mit einem gewöhnlichen Reißnagel eine Visitenkarte befestigt war.

Wir wurden erwartet. Die Tür ging auf, und vor uns stand ein junger Mann mit braunen Haaren und mattem Teint, der in einem Film den jugendlichen Liebhaber spielen könnte.

Wie er uns etwas später erzählte, stammt Dr. Négrel aus Südfrankreich, aus Nîmes, wo seine Familie schon seit Generationen ansässig ist. Diese Familie hat gute und schlechte Zeiten erlebt. Ein Négrel war unter

Napoleon bei der Marine Arzt, ein anderer unter Louis-Philippe Staatsanwalt.

Négrels Vater, der noch lebt, ist Fotograf, und Négrel selber studierte an der Universität Montpellier.

Der Arzt ...

Maigret unterbrach seine Lektüre und spitzte die Ohren. Das Pärchen am Nebentisch las die gleiche Zeitung und war ungefähr so weit wie er; das Mädchen murmelte:

»Was habe ich dir gesagt?«

»Was?«

»Es ist eine Liebesgeschichte.«

»Laß mich weiterlesen.«

Maigret lächelte vor sich hin und las auch weiter.

Der Arzt machte uns trotz seines vorteilhaften Äußeren den Eindruck eines einfachen und ernsthaften Mannes, den die Ereignisse der letzten Tage offensichtlich stark mitgenommen haben.

Seine Unterkunft sieht eher aus wie die eines Studenten als die eines Arztes, dessen Karriere sich, das darf man wohl sagen, glänzend anließ. Er empfing uns in einem Zimmer, das Arbeits-, Wohn- und Eßzimmer zugleich ist. Durch die offenen Türen konnten wir einen Blick in ein schlichtes Schlafzimmer und in eine winzige Küche werfen.

»Ich werde nicht klug aus dem, was geschehen ist«, erklärte Négrel zunächst und setzte sich auf das Fensterbrett, nachdem er uns einen alten, mit rotem Plüsch bezogenen Lehnstuhl angeboten hatte. »Die

Polizei und der Untersuchungsrichter haben mich lange vernommen und mir Fragen gestellt, die ich nicht beantworten konnte. Man scheint mich des Mordes an Madame Jave zu verdächtigen. Aber warum, ja warum sollte ich das getan haben?«

Die dichten, zusammengewachsenen Augenbrauen verliehen seinem Blick große Intensität. Auf dem Tisch standen die Reste eines kalten Imbisses, den die Concierge sicher in der Nähe gekauft hatte. Er war unrasiert, trug weder Krawatte noch ein Jackett.

Wir fragten:

»Erlauben Sie, daß wir Ihnen im Interesse unserer Leser ebenfalls ein paar Fragen stellen?«

»Ich werde sie beantworten, so gut ich kann.«

»Auch wenn es indiskrete Fragen sind?«

Er machte eine unbestimmte Handbewegung, wie jemand, dem man schon die indiskretesten Fragen gestellt hat.

»Zunächst: Wie lange kennen Sie das Ehepaar Jave?«

»Ich kenne Dr. Jave seit drei Jahren. ›Drüben‹ hat man mich das auch gefragt.«

»Wo sind Sie ihm begegnet?«

»Bei Professor Lebier, dessen Assistent ich bin. Jave bringt uns manchmal Patienten zur Konsultation, und als ich es eines Tages sehr eilig hatte, in die Stadt zu kommen, nahm er mich in seinem Auto mit.«

»Sind Sie Freunde geworden?«

»Er bat mich, an irgendeinem Abend bei ihm zu essen.«

»Sind Sie hingegangen?«

»Ein halbes Jahr später, durch Zufall. Am Schluß einer Konsultation mit eben diesem Professor Lebier fragte er mich, ob ich an dem Abend Zeit hätte, denn er habe interessante Leute zum Essen eingeladen, und ich ging zum Boulevard Haussmann.«

»Haben Sie bei dieser Gelegenheit Madame Jave kennengelernt?«

»Ja.«

»Welchen Eindruck machte sie auf Sie?«

»Ich war der unbedeutendste der Gäste und saß also am Ende der Tafel. Ich hatte kaum Gelegenheit, mich mit ihr zu unterhalten.«

»Sah sie aus wie eine glückliche Frau?«

»Sie schien weder glücklich noch unglücklich. Sie benahm sich wie die Herrin des Hauses.«

»Wurden Sie oft an den Boulevard Haussmann eingeladen?«

»Ziemlich oft.«

»Nach den Aussagen Ihrer Kollegen gehen Sie wenig aus und essen abends selten in der Stadt.«

An diesem Punkt des Gesprächs schien Négrel etwas verlegen. Dann lächelte er schließlich.

»Die Javes«, erklärte er, »empfingen oft Gäste, mindestens einmal in der Woche, und es kamen immer ungefähr fünfzehn Personen. Manchmal war eine Dame oder ein junges Mädchen zuviel, und man rief mich in letzter Minute, damit ich sozusagen als Lückenbüßer einsprang.«

»Warum gingen Sie darauf ein?«

»Weil sie nett waren.«

»Beide?«

»Ja, beide.«

»Was halten Sie von Jave?«

»Er ist ein ausgezeichneter Arzt.«

»Als Mensch?«

»Ich habe ihn immer als einen anständigen Menschen, sogar als einen gewissenhaften Menschen betrachtet.«

»Immerhin mögen Sie doch Modeärzte nicht sehr?«

»Er war nicht nur Modearzt.«

»Wurden Sie allmählich ein Freund des Hauses?«

»Freund ist zuviel gesagt. Trotz des Altersunterschiedes zwischen Philippe und mir waren wir gute Kameraden.«

»Duzen Sie sich?«

»Ich duze wenig Leute. Das kommt vielleicht von dem protestantischen Milieu in Nîmes, wo ich geboren wurde und meine Kindheit verbrachte.«

»Duzten Sie Éveline Jave auch nicht?«

»Nein.«

Ein ziemlich kurzangebundenes Nein.

»Wie waren Ihre Beziehungen zu ihr?«

»Korrekt. Ich möchte sagen freundschaftlich.«

»Zog sie Sie ins Vertrauen?«

»Sie erzählte mir nur das, was mir auch ihr Mann gesagt hatte, nämlich daß ihr Leben nie so wie das anderer Frauen gewesen sei.«

»Aus welchem Grund?«

»Wegen ihrer Gesundheit.«

»Ging es ihr nicht gut?«

»Ich glaube, ich verrate hier kein Geheimnis – denn ich war ja nicht ihr Arzt – wenn ich Ihnen sage, daß sie

die Stokes-Adams'sche Krankheit hatte, das heißt sie litt unter chronisch verlangsamten Pulsschlag. Seit ihrer Kindheit schlug ihr Herz nicht, wie es etwa normal ist, siebzigmal, sondern nur vierzig- oder fünfundvierzigmal pro Minute.«

»Wie wirkt sich diese Krankheit aus?«

»Der Patient führt scheinbar ein Leben wie andere Menschen. Nur kann er jeden Augenblick ohnmächtig werden, Krämpfe bekommen oder sogar einen plötzlichen Herztod erleiden.«

»Wußte sie es?«

»Seit ihrem zwölften Lebensjahr. Nach einer Untersuchung bei einem berühmten Spezialisten hatte sie an der Tür gehorcht und alles gehört.«

»War sie darüber erschrocken?«

»Nein, resigniert.«

»War sie trotzdem fröhlich?«

»Es war eine etwas gedämpfte Fröhlichkeit, wenn ich so sagen darf. Es war, als befürchte sie ständig, durch zuviel Übermut die Krise auszulösen.«

»Hatte sie keine Angst vor der Geburt?«

»Nein. Sie war sogar froh, etwas zu hinterlassen, selbst wenn es sie das Leben kosten würde.«

»Liebte sie ihren Mann?«

»Ich nehme es an, denn sie hat ihn ja geheiratet.«

»Liebte er sie?«

»Er war ihr gegenüber immer sehr aufmerksam.«

»Kam es vor, daß Sie privat, ich meine in Abwesenheit ihres Mannes mit ihr zusammentrafen?«

Schweigen. Eine Falte auf der Stirn des jungen Arztes.

»Ja und nein. Ich besuchte sie nie, wenn sie allein war. Wenn ich in ihrer Wohnung war, wurde Dr. Jave manchmal dringend zu einem Kranken gerufen.«

»Und versuchte sie bei solchen Gelegenheiten, Sie ins Vertrauen zu ziehen?«

»Nein. Nicht was man ins Vertrauen ziehen nennt.«

»Ihnen aus ihrem Leben zu erzählen?«

»So wie jeder von seiner Vergangenheit, seiner Kindheit spricht.«

»Sie sind also gute Freunde geworden?«

»Wenn Sie so wollen.«

»Ist sie nie in diese Wohnung hier gekommen?«

Neuerliches Schweigen.

»Warum fragen Sie das?«

»Ich antworte Ihnen offen. Ihre Concierge, der ich das Bild von Éveline Jave gezeigt habe, behauptet, mindestens zweimal gesehen zu haben, daß sie zu Ihnen hinaufging, das letzte Mal vor sechs Wochen.«

»Die Concierge lügt oder hat sich in der Person getäuscht.«

Das Mädchen am Nebentisch sagte:

»Wem glaubst du? Dem Arzt oder der Concierge?«

Sie lasen im gleichen Tempo. Ihr Partner antwortete:

»Die Conciergen sind alle Hausdrachen, aber der Arzt scheint sich nicht besonders wohl in seiner Haut zu fühlen.«

»Ich habe dir ja gesagt, daß es eine Liebesgeschichte ist ...«

Madame Maigret, die den sicher kürzeren Artikel in

der anderen Zeitung schon zu Ende gelesen hatte, ließ das Blatt in den Schoß sinken und schaute versonnen dem Touristenbetrieb zu.

Maigret vergaß die Rolle, die er bei der Kriminalpolizei spielte, seinen Beruf, den er ein ganzes Leben lang ausgeübt hatte, und ertappte sich dabei, daß er die Zeitung wie irgendein Passant las. Auf einmal machte er eine kleine Entdeckung, die ihn entzückte.

Für gewöhnlich behaupten die Moralisten, die es sich zur Aufgabe machen, ihren Mitmenschen Lektionen zu erteilen, es sei eine ungesunde Neigung, ja sogar ein perverser Instinkt, der die Zeitungsleser veranlasse, sich auf die Berichte über Unglücksfälle und Verbrechen zu stürzen.

Ohne weiter darüber nachgedacht zu haben, wäre der Kommissar noch am Vortag versucht gewesen, diese Meinung zu teilen.

Plötzlich wurde er sich bewußt, daß dies gar nicht so einfach war, und die Bemerkungen seiner jugendlichen Nachbarin waren irgendwie mit schuld an seiner Meinungsänderung.

Stürzten sich die Leute nicht mit der gleichen Erregung auf Berichte über heldenhafte oder außergewöhnliche Taten? Hatte man je eine so dicht gedrängte und begeisterte Menschenmenge – noch dazu mitten in der Nacht – auf den Grands Boulevards gesehen wie bei der Ankunft Lindberghs?

Geht es den Leuten nicht darum zu erfahren, wie weit der Mensch im guten wie im bösen gehen kann?

Kam die Neugier des jungen Mädchens am Nebentisch nicht daher, daß sie in ihrer Unerfahrenheit die Grenzen der Liebe kennenlernen wollte?

Sie hoffte, die Zeitung, der Verlauf der Ermittlungen über die Tote vom Boulevard Haussmann würden sie darüber aufklären.

Lassagne, der von seinem Exklusivrecht so weit wie möglich Gebrauch machte, schrieb weiter:

Wir fragten ihn dann:

»Bekommen Sie oft Damenbesuch, Monsieur Négrel?«

»Früher kam das vor.«

»Was verstehen Sie unter früher?«

Während unserer ganzen Unterhaltung rauchte er eine Zigarette nach der andern und drückte sie auf dem Sims am offenen Fenster aus.

»Ich bin seit einem Jahr verlobt. Die Polizei weiß es. Sie hat das Mädchen sicher schon vernommen, und deshalb ist es auch nicht nötig, daraus ein Geheimnis zu machen.«

»Darf man ihren Namen wissen?«

»Sie können ihn bestimmt am Quai des Orfèvres erfahren. Das ist nicht meine Sache.«

»Lebt das Mädchen bei seinen Eltern?«

»Ja.«

»Ist es berufstätig?«

»Ja.«

»Stammt es aus dem Mittelstand?«

»Ihr Vater ist ein bekannter Rechtsanwalt.«

»Und sie kam Sie hier besuchen?«

Schweigen.

»Entschuldigen Sie, wenn ich noch indiskreter werde. Waren Sie zu einem bestimmten Zeitpunkt Madame Javes Geliebter?«

»Man hat mich das schon gefragt.«

»Was haben Sie geantwortet?«

»Nein.«

»Sie waren auch nie in sie verliebt?«

»Nie.«

»Sie auch nicht in Sie?«

»Sie hat nichts getan oder gesagt, um mich das annehmen zu lassen.«

»Haben Sie sie letzten Samstag nicht gesehen?«

»Nein.«

»Haben Sie Dr. Jave auch nicht gesehen?«

»Weder sie noch ihn. Ich hatte nachmittags fünf Patienten, deren Karteikarten im Büro vorgefunden wurden. Ich ging um halb sechs Uhr weg, nachdem ich mich von Josépha verabschiedet und sie gebeten hatte, die Fenster zu schließen.«

»Wer war auf die Idee mit der Vertretung gekommen, die Sie diesen Sommer übernahmen?«

»Dr. Jave.«

»Wie hielt er es früher?«

»Er stellte jeweils einen meiner Kollegen, Dr. Brisson, an, der letzten Winter eine Praxis in Amiens eröffnet hat und daher nicht mehr abkömmlich ist.«

»Eine letzte Frage. Glauben Sie, daß Josépha ihrer Herrschaft besonders ergeben ist?«

»Darüber habe ich mir keine Gedanken gemacht.«

»Sie haben jetzt ein paar Wochen mit ihr zu tun gehabt. Ist sie eine Frau, die im Interesse eines ihrer

Brotgeber zu einer falschen Zeugenaussage fähig wäre?«

»Ich sage Ihnen noch einmal, daß ich das nicht weiß.«

Lassagne schloß:

So verabschiedeten wir uns von einem Mann, dessen Ehre, Zukunft und sogar Leben auf dem Spiel steht. Er ist sich dessen bewußt. Sei er nun schuldig oder unschuldig – er weiß, wie schwer Worte wiegen können, und kennt die Gefahr, in der er schwebt. Er scheint entschlossen, sich ruhig, ohne Leidenschaft oder Zorn zu verteidigen; der letzte Blick, den er uns von der Treppe herab zuwarf, war voller Bitterkeit.

»Ich glaube, das war so:« sagte das junge Mädchen am Nebentisch. »Sie waren ein Liebespaar, der junge Arzt und sie. Die Concierge hat überhaupt keinen Grund zu lügen, und ich bin überzeugt, daß sie sie wirklich erkannt hat. Ihr Mann ist älter als sie. Er behandelt sie wie ein kleines Mädchen, und Frauen mögen das nicht. Négrel dagegen sieht gut aus, hat einen zärtlichen Blick ...«

Maigret lächelte mit der Pfeife im Mund. Wo hatte sie den zärtlichen Blick her? Vielleicht weil in der Zeitung von dichten Augenbrauen die Rede war?

»Ich bin sicher, daß er ein leidenschaftlicher Liebhaber ist. Alle seine Antworten verraten, daß er sich zurückhält. Denk doch nur an die Art, wie er seine Zigaretten auf dem Fenstersims ausdrückt.«

»Das heißt gar nichts.«

»Das heißt, daß es in ihm brodelte und er sich bemühte, ruhig zu wirken. Sie mußte mit ihrem Mann und ihrem Kind nach Cannes fahren. Ich wette, sie hatte die Idee mit der Vertretung. So riß die Verbindung zwischen ihnen nicht ab, da Négrel einen Teil seiner Zeit am Boulevard Haussmann zubrachte.«

»Du hast Phantasie.«

Maigret dachte gerade, daß dieses Pärchen wohl nicht lange zusammenbleiben würde. Der Junge war blond und wirkte ernst. Der weiche Körper des jungen Mädchens schmiegte sich an ihn wie eine Liane, was ihm etwas peinlich zu sein schien; er sah aus, als ob er sich bei den Leuten ringsum entschuldigen wolle.

»Rede nicht so laut.«

»Ich sage ja nichts Böses. Nach einem Monat der Trennung hielt sie es nicht mehr aus und nahm das Flugzeug mit der Absicht, abends wieder nach Cannes zurückzufliegen. Sicher erzählte sie ihrem Mann, sie wolle eine Freundin an der Côte besuchen. Er ahnte wohl etwas und fuhr ihr nach.

Am Nachmittag überraschte er sie zusammen in dem Raum hinter dem Sprechzimmer. Négrel ließ er laufen. Dafür ging er auf seine Frau los. Er schlug sie. Sie wurde ohnmächtig. Und dann beschloß er plötzlich, kurzen Prozeß zu machen, und gab ihr eine Spritze.«

»Warum legte er sie denn in den Wandschrank, wenn es ein Eifersuchtsdrama war?«

Madame Maigret, die auch zuhörte, tauschte mit

ihrem Mann einen Blick aus. Es war eigenartig, in dieser Jahrmarktsatmosphäre das unbeschwerte, beinahe heitere Geplauder über eine Tragödie zu hören. Die durch das junge Mädchen umgewandelten Personen verloren ihre Menschlichkeit, ihre tragische Wirklichkeit und wurden zu Marionetten eines Groschenromans.

Und doch war das, was sie sagte, vielleicht wahr. Soweit Maigret den Fall beurteilen konnte, war ihre Vermutung so plausibel wie jede andere.

»Verstehst du denn nicht? Indem er sie in den Wandschrank sperrte, nach Cannes zurückfuhr und dann behauptete, er sei nicht in Paris gewesen, wollte er Négrel als Mörder hinstellen. Der Beweis dafür ist doch, daß man ihn immer noch verdächtigt.«

»Man verdächtigt beide.«

»Wer hat dir das gesagt?«

»Ich möchte wetten, daß die Polizei sie auf freien Fuß gesetzt hat, um sie zu überwachen und abzuwarten, bis einer von beiden einen Fehler macht.«

Das war so dumm auch wieder nicht. Kurz, die Leute sind nie so dumm, wie man meint.

Der arme Janvier hatte sich in einem Dilemma befunden, in der ein Polizeibeamter nicht so oft gerät. Gewöhnlich hält man einen mutmaßlichen Täter in Haft, wobei sich die Frage stellt, ob es besser ist, ihn anzuklagen oder ihn freizulassen, bis genügend Beweise vorhanden sind.

Mit einem einzigen Verdächtigen hätte Richter Coméliau nicht lange gefackelt: Er hätte ihn angeklagt.

Aber was tat er mit zwei Verdächtigen? Sie konnten nicht beide Éveline Jave umgebracht haben. Einer der beiden Ärzte war also unschuldig. Wenn er sie beide zugleich in Haft behielt, ließ er es zu, daß ein Unschuldiger seiner Freiheit beraubt wurde.

Sogar Coméliau hatte dies begriffen und hatte sich damit abgefunden, daß beide auf freien Fuß gesetzt wurden.

Wer überwachte von der Straße aus das Haus, in dem Négrel wohnte, als Lassagne das Interview durchführte? Lapointe? Gianini?

Jedenfalls war jemand dort, ebenso wie ein Mann der Kriminalpolizei am Boulevard Haussmann stand.

Einer der beiden Ärzte hatte sich bereit erklärt, ein Presseinterview zu geben, und den Vertreter des auflagestärksten Blattes gewählt.

Der andere schwieg und schloß sich in seiner Wohnung ein.

Lassagne fügte seinem Bericht tatsächlich bei:

Wir haben vergeblich versucht, mit Dr. Jave zu sprechen. Seit er die Polizeipräfektur verließ und wieder zu Hause ist, hat er außer Josépha niemanden empfangen. Er muß den Telefonhörer ausgehängt haben, denn wenn man seine Nummer wählt, hört man immer nur das Besetzt-Zeichen.

»Trinkst du noch etwas?« fragte Madame Maigret, als sie sah, wie ihr Mann dem Kellner winkte.

Ja, er bestellte noch einen Vin gris. Er hatte Durst. Vor allem aber hatte er noch keine Lust zu gehen.

»Was hältst du denn davon?« fuhr sie halblaut fort.

Er zuckte nur die Achseln. Auf diese Frage pflegte er immer zu antworten, daß er keine Meinung habe, und es stimmte beinahe. Zwei Personen begannen bei ihm Gestalt anzunehmen: Éveline Jave und Dr. Négrel. Sie waren nicht mehr so abstrakt. Seit er ihr Foto gesehen hatte, nahm vor allem Éveline lebendige Züge an, und er wäre an Janviers Stelle sofort nach Concarneau gefahren.

Der Schlüssel zum Drama war nicht unbedingt dort zu suchen. Aber immerhin hatte die junge Frau den größten Teil ihres Lebens in dieser Stadt verbracht, und er hätte gern mehr darüber erfahren.

War sie von Nonnen erzogen worden? Nach der Art, wie sie sich gab und in den Fotoapparat schaute, hätte er es schwören können. Er stellte sich diesen frauenlosen Haushalt vor; bestimmt war es ein tristes Haus, das nach Fisch roch, mit einem Vater und einem Bruder, für die allein die Geschäfte zählten.

Hatte sie sich an das Pariser Leben gewöhnt? Wenn sie zum Essen einlud oder einen Empfang gab, fühlte sie sich dann nicht immer noch unbeholfen?

Obwohl er aussah wie ein Liebhaber auf der Bühne, kam auch Négrel aus der Provinz. Er stammte aus Nîmes, war Protestant. Nach Abschluß seines Studiums hatte er keine Praxis eröffnet, sondern war Assistent seines Professors geworden.

Lassagne war es gelungen, ihm das Geständnis zu entlocken, daß ihn früher ein paarmal Frauen in seiner Wohnung in der Rue des Saint-Pères besucht hatten, und Maigret hätte wetten mögen, daß es leichte Mädchen aus Saint-Germain-des-Prés gewesen waren. Er hätte sogar gewettet, daß sie nur kurz bei ihm geblieben waren und keine eine ganze Nacht im Bett des jungen Arztes verbracht hatte.

Nun war er seit einem Jahr verlobt. Es reizte Maigret, Janvier anzurufen, um ihn nach dem Namen der jungen Dame zu fragen. Die Tochter eines bekannten Anwalts. Und sie besuchte ihn. Das bedeutete, daß ein neuer Skandal in Aussicht stand.

Das Liebespaar ging Arm in Arm Richtung Sacré-Coeur davon und ließ seine Zeitung auf dem Tischchen liegen. Im Vorbeigehen schaute das junge Mädchen amüsiert auf Madame Maigrets Hut, obwohl er gar nicht lächerlich wirkte. Allerdings trug sie selbst keinen Hut auf ihrem Haar, das sie so kurz trug wie ein römischer Kaiser.

»Was steht in deiner Zeitung?«

»Sicher das gleiche wie in deiner.«

Er schlug sie mechanisch auf. Auf der ersten Seite war ebenfalls ein Foto, nicht von Éveline Jave, sondern von ihrem Bruder Yves Le Guérec; das Bild zeigte ihn an der Bar des Hôtel Scribe.

Er sah seiner Schwester nicht ähnlich. Er war ein vierschrötiger, untersetzter Mann mit einem knochigen Gesicht, einem Bürstenschnitt und wahrscheinlich rotem Haar.

Weil er an Négrel und Jave nicht herangekommen war, hatte der Konkurrent des kleinen Lassagne ihn interviewt.

Yves Le Guérec, so erfuhr man, war verheiratet,

Vater von zwei Kindern und hatte sich drei Kilometer von Concarneau entfernt eine Villa bauen lassen. Als sein Vater starb, übernahm er an seiner Stelle die Konservenfabrik.

»Meine Schwester war seit ihrer Heirat nie mehr hier, ich frage mich warum; sicher wollte ihr Mann sie der Familie entfremden.«

»Sie haben sie nie wieder gesehen?«

»Wenn ich in Paris war, ging ich manchmal kurz bei ihr vorbei. Einmal nahm ich meine Frau und meine Kinder mit zum Boulevard Haussmann, aber wir hatten das Gefühl zu stören.«

»Aus welchem Grund?«

»Wir sind einfache Leute, die nicht in denselben Kreisen verkehren wie Dr. Jave ...«

»Hat er seine Praxis mit der Mitgift Ihrer Schwester eingerichtet?«

»Als er heiratete, besaß er nicht einen Sou, nur Schulden. Mein Vater bezahlte sie, und er war es auch, der die ganze Wohnungseinrichtung bezahlte.«

»Sie mögen Ihren Schwager nicht?«

»Das habe ich nicht gesagt. Wir sind, sagen wir einmal, nicht gleicher Herkunft, wenigstens gibt er sich diesen Anschein, denn schließlich ist seine Mutter nicht mehr als eine Lehrerin ...«

Hier spürte man, wie ein alter Groll an die Oberfläche kam. Es waren in der Tat zwei Welten. Die Le Guérecs behielten trotz ihrem Vermögen ihr einfaches und hartes Leben in der Provinz bei, während Jave das

Pariser Leben kennengelernt und sich verwandelt hatte. Nun war aber die Sardinenfabrik die Geldgeberin:

»Meine Schwester hat die Hälfte der Fabrikanteile geerbt und erhielt jedes Jahr eine hübsche Summe, das können Sie mir glauben.«

»Hatte sie bei der Heirat Gütergemeinschaft vereinbart?«

»Leider.«

»Und Sie?«

»Ich auch. Das ist nicht dasselbe, denn meine Frau ist die Tochter eines Reeders, und die Reeder gehören zur gleichen Schicht wie wir.«

»Glauben Sie an ein Verbrechen?«

»Können Sie sich vorstellen, daß Éveline sich eine subkutane Spritze geben und sich zusammengelegt in einen Wandschrank stecken konnte, um dort zu sterben, nachdem sie die Tür abgeschlossen hatte? Wo ist dieser Schlüssel? Wo sind ihre Kleider?«

»Wer, glauben Sie, hat sie getötet?«

Le Guérec öffnete den Mund, um zu antworten, besann sich aber anders.

»Ich lege keinen Wert darauf, mir einen Verleumdungsprozeß aufzuhalsen. Die Tatsachen sprechen für sich, oder nicht? Was die Behauptung gewisser Leute anbetrifft, meine Schwester habe einen Liebhaber gehabt, so ist das eine infame Lüge. Sie war dazu gar nicht fähig. Sie hatte überhaupt kein Temperament. Sie hatte Angst vor Männern. Als sie noch ein junges Mädchen war, blieb sie bei Tanzanlässen den ganzen

Abend in einer Ecke sitzen und wollte nur mit mir tanzen. Schauen Sie sich dieses Foto an. Ich erinnere mich, daß sie nur mit allergrößter Mühe einen Badeanzug fand, bei dem man so gut wie nichts sehen konnte. Sie sah darin lächerlich aus.«

»Schrieb sie Ihnen oft?«

»Zu meinem Geburtstag, dem meiner Frau und der Kinder und zum Neujahr.«

»Wußte sie, daß sie krank war?«

»Sie wußte von jeher, daß sie nicht alt werden würde, aber sie hatte sich damit abgefunden.«

»War sie gläubig?«

»Zu Hause war sie sehr gläubig und ging jeden Morgen in die Messe. Später vernahm ich, daß ihr Mann auf sie abgefärbt hatte und sie nicht mehr in die Kirche ging.«

»Glauben Sie, daß sie nicht glücklich war?«

»Ich bin sicher.«

»Womit begründen Sie das?«

»So etwas spürt man. Zum Beispiel hatte sie eine Art, mit einem flüchtigen Lächeln immer wieder zu mir zu sagen: ›Vergiß nicht, mich zu besuchen, wenn immer du in Paris bist. Und sag doch den Kindern, daß ihre Tante an sie denkt...‹«

Sie war jedoch nackt gewesen, als man ihren Körper im Wandschrank gefunden hatte. Hatte ihr Mörder sie hinterher ausgezogen?

Die Vermutung war wiederum ziemlich unwahrscheinlich, um so mehr als es ziemlich schwierig ist, eine Leiche zu entkleiden.

Und warum hätte man sie auch entkleidet?

Was machte Jave in seiner Wohnung am Boulevard Haussmann, jetzt da er mit Josépha allein war? Was hatte er Janvier und dem Untersuchungsrichter geantwortet, als sie ihn wegen seiner überstürzten Reise befragten?

Wenn Coméliau noch keinen Haftbefehl gegen ihn erlassen hatte, so deshalb, weil ernstliche Zweifel bestanden und beide Verdächtige als Täter in Frage kamen.

Maigret hätte jetzt gern mehr über Philippe Jave und sein Privatleben erfahren. Hatte er eine Geliebte, eine zweite Wohnung? Oder war er wirklich der mondäne und zugleich sittenstrenge Arzt, für den ihn die meisten hielten?

»Was machen wir nun?« fragte Madame Maigret, als ihr Mann den Kellner rief, um zu bezahlen.

Er wußte es nicht. Es war nicht wichtig, und gerade das war das Schönste.

»Wir gehen erst einmal die Treppe von Saint-Pierre hinunter ...«

Dann würden sie den Boulevard Rochechouart entlangbummeln. Danach konnten sie zum Beispiel durch die Rue des Martyrs hinabgehen, deren Gewimmel ihm gefiel. Er mochte auch den Faubourg Montmartre.

Da er nichts zu tun hatte, erschien ihm Paris in einem neuen Licht, und er war entschlossen, das bis zur Neige auszukosten.

»Ich muß heute abend Pardon anrufen.«

»Du bist nicht etwa krank?«

»Nein. Vielleicht hat er neue Informationen über diesen Dr. Jave.«

»Macht dir das zu schaffen?«

Es machte ihm nicht einmal zu schaffen. Er dachte oft daran, gewiß, aber die Geschichte prägte sich seinen Spaziergängen durch Paris wie ein Wasserzeichen ein.

»Morgen früh mache ich vielleicht einen Gang in die Rue des Saints-Pères.«

Das war riskanter, denn es würde kaum Passanten haben, und er könnte einem seiner Inspektoren in die Arme laufen.

»Ich frage mich, ob wir nicht ans Meer bei Concarneau fahren sollten.«

Er machte diese Vorschläge, ohne sie ernst zu nehmen, nur zur Zerstreuung. All das war jetzt Janviers Aufgabe, und Maigret bekam eine Art Vorgeschmack seines Rentnerdaseins.

Der Gedanke daran stimmte ihn verdrießlich. Für ein paar Tage, höchstens für drei Wochen nahm er es hin, den Müßiggänger zu spielen, zum leichtgläubigen Publikum zu gehören.

Wenn es aber darum ging, diese Rolle für den Rest seines Lebens beizubehalten?

Als sie auf den Vorplatz von Sacré-Coeur zusteuerten, drückte er plötzlich den Arm seiner Frau, und sie merkte, daß er bewegt war, sie glaubte sogar zu erraten weshalb, aber sie sagte nichts.

4

Wo war Josépha?

Er hatte Pardon an jenem Abend nicht angerufen, wie er es sich auf der Place du Tertre vorgenommen hatte. Offengestanden hatte er nicht mehr daran gedacht.

Es mochte ungefähr fünf Uhr gewesen sein, als seine Frau und er vom Faubourg Montmartre in die Grands Boulevards eingebogen waren. Die Sonne hatte auf den Gehsteig gebrannt, der breiter geschienen hatte, weil weniger Fußgänger als sonst unterwegs waren. Zwischen der Auslage eines Konfektionsgeschäfts und einer Eisenwarenhandlung hatte er den beinahe dunklen Eingang zu einer Art Tunnel entdeckt und ein dünnes Glockengebimmel gehört, das an ein Kino aus früheren Zeiten erinnerte.

Es war wirklich der Eingang zu einem kleinen Kino, das er, soweit er sich entsinnen konnte, nie gesehen hatte. Man spielte die frühen Chaplin-Filme, und Maigret war zögernd stehengeblieben.

»Gehen wir hinein?« hatte er seiner Frau vorgeschlagen.

Sie hatte einen mißtrauischen Blick auf den dunklen Plüschvorhang hinter der Kasse und auf die gräulichen Wände des Korridors geworfen.

»Glaubst du, es ist sauber?«

Schließlich waren sie hineingegangen, und als sie herauskamen, war die strahlende Augustsonne verschwunden. An ihrer Stelle brannte eine zweireihige Lichterkette, welche die Boulevards säumte, und die Neonschilder leuchteten. Sie hatten nicht bemerkt, daß das Programm an diesem Tag wechselte und sie eigentlich zwei Vorstellungen gesehen hatten.

Es war zu spät, um zum Abendessen nach Hause zu gehen.

»Essen wir etwas hier in der Nähe?«

Madame Maigret hatte gemeint:

»Wenn wir so weitermachen, verlerne ich noch das Kochen.«

Sie waren in ein Restaurant an der Place des Victoires gegangen, auf dessen ruhiger Terrasse er gern saß. Danach waren sie zu Fuß nach Hause zurückgekehrt, und am Schluß konnte sich Madame Maigret kaum mehr auf den Füßen halten. Seit Jahren waren sie nicht mehr so viel zusammen gelaufen.

Sie schliefen bei offenem Fenster. Bald brach der neue Tag an. Die Sonne schien noch heller als am Vortag am Boulevard Montmartre, die Luft war frischer, und man hörte die vertrauten morgendlichen Geräusche.

Sie hatten kein Tagesprogramm, und als sie frühstückten, fragte Madame Maigret:

»Soll ich etwas einkaufen?«

Wozu? Einkaufen hieß eine Mahlzeit zubereiten. Das bedeutete, daß sie zu einer bestimmten Zeit zu Hause sein mußten.

»Wir können noch das ganze Jahr daheim essen.«

»Außer wenn du nicht nach Hause kommst.«

Tatsächlich, wenn man die Tage abzog, da er wegen einer Ermittlung in der Stadt essen mußte, blieben nicht viele übrig, an denen sie zusammen zu Hause essen konnten.

Um so amüsanter war es, auswärts mit ihr zu Mittag oder zu Abend zu essen.

Kein Einkaufen! Keine lästigen Verpflichtungen! Eine erste Pfeife am Fenster, während er den marionettenhaften Bewegungen des kleinen Mannes bei Catoire et Potut zuschaute. Im Bistro gegenüber las der Wirt in Hemdsärmeln eine Zeitung, die auf der Theke ausgebreitet war.

Maigret hätte sich die Zeitungen jeden Morgen von der Concierge heraufbringen lassen können, aber das hätte ihn des Vergnügens beraubt, sie selbst zu holen.

Schließlich zog er sich an, während seine Frau die Hausarbeit erledigte.

»Ich hole dich gleich ab. Ich weiß noch nicht, wo wir hingehen.«

»Jedenfalls ziehe ich heute Schuhe mit flachen Absätzen an.«

Neue Gewohnheiten entstanden. Er kaufte seine Zeitungen immer am gleichen Kiosk, schlug sie erst auf, wenn er auf der Kaffeeterrasse an der Place de la République saß, und der Kellner wußte schon, was er ihm servieren mußte.

Verbrechen oder Unfall?

Der Professor für Toxikologie, der die inneren Organe untersucht hatte, hatte seinen Bericht abgegeben.

Aus irgendeinem Grund zeigte sich der Quai des Orfèvres nicht mehr so zurückhaltend in den Informationen wie zu Beginn des Falles, und die Zeitungen veröffentlichten eine Zusammenfassung des Gutachtens.

Im Organismus von Éveline Jave hatte man eine beachtliche Menge Digitalis gefunden.

Wir befragten Professor Loireau, der darüber Interessantes zu berichten wußte.

Digitalis ist ein ziemlich häufig verwendetes Medikament, das die Herzfrequenz verlangsamt. Die Dosis, die Madame Jave verabreicht wurde, war nicht zu groß und hätte normalerweise nicht tödlich gewirkt.

Beunruhigend ist jedoch, daß ihr dieses Medikament überhaupt verabreicht wurde, denn bei ihrem Gesundheitszustand war es unbedingt kontraindiziert.

Éveline Jave litt seit ihrer Kindheit unter einem verlangsamten Pulsschlag. Bei einer Krise brauchte sie, so versicherte uns Professor Loireau, ein Mittel, das den Herzmuskel anregt; am gebräuchlichsten ist Kampfer oder das heute bevorzugte Pressyl.

Digitalis dagegen mußte bei ihr fast sicher tödlich wirken, denn anstatt die Folgen des verlangsamten Pulsschlags zu bekämpfen, verstärkte das Mittel diese.

Hatte Madame Jave bei ihrem vorübergehenden Aufenthalt am Boulevard Haussmann eine Herzkrise? Rührt der Bluterguß an der Schläfe von einem Sturz während dieser Krise her?

Verwechselte der anwesende Arzt – wir wissen nicht, welcher es war – vor Aufregung die Ampulle und spritzte ihr anstatt Kampfer oder Pressyl Digitalis?

Oder verwendete er absichtlich eine Substanz, deren Wirkung auf die Patientin er voraussah, weil er Mordabsichten hatte?

Maigret verweilte ein paar Minuten und betrachtete die Fußgänger, die an der Kaffeeterrasse vorbeigingen, dann verlangte er einen Jeton und schloß sich in die Telefonkabine ein.

»Hallo, Pardon?«

Dieser hatte seine Stimme schon erkannt.

»Störe ich Sie?«

»Ich wollte gerade weg, um meine Krankenbesuche zu machen, aber ich habe noch ein paar Minuten Zeit.«

»Haben Sie gelesen?«

»Wahrscheinlich haben sich heute ein paar hundert Ärzte auf die Zeitung gestürzt.«

»Was halten Sie davon?«

»Der Artikel ist nicht streng wissenschaftlich, aber in großen Zügen stimmt er.«

»Könnte es ein Unfall sein?«

»Im Notfall. Ich habe es gerade nachgeprüft. Gewisse injizierbare Substanzen werden in typischen Ampullen geliefert, und bei diesen ist für einen Arzt eine Verwechslung beinahe ausgeschlossen.«

»Inwiefern sind sie typisch?«

»Es gibt Ampullen mit nur einem, andere mit zwei spitzen Enden. Es gibt auch welche, auf denen der

Name des Produkts steht. Und es gibt sogar farbige Ampullen.«

»Und in diesem Fall?«

»Den Kampfer, der von mehreren Firmen vertrieben wird, gibt es in verschieden geformten Ampullen, mit einer oder zwei Spitzen. Das Pressyl ist leichter unterscheidbar. Ich habe in meiner Apotheke soeben eine Digitalisampulle geholt und sie mit einer Kampferampulle verglichen.

»Sehen sie sich ähnlich?«

»Ähnlich genug, daß ein aufgeregter Mann, der es eilig hat, sich irren kann.«

»Und Ihre Meinung?«

»Ich meine gar nichts. Ich habe nur vernommen, daß Jave gestern abend Dr. Mérou, einen Herzspezialisten, gerufen habe. Ich weiß nicht, ob Jave auch Herzbeschwerden hat oder ob er Mérou wegen seiner Frau konsultieren wollte.«

»Kennen Sie Mérou?«

»Er ist einer meiner Freunde, aber in diesem Fall wird er nichts sagen, und es wäre nicht taktvoll von mir, ihm die Fragen zu stellen.«

»Haben Sie nichts weiter über Dr. Jave vernommen?«

Am anderen Ende der Leitung herrschte Schweigen. Die Ärzte hielten trotz allem zusammen.

»Sind Sie immer noch nicht am Quai des Orfèvres?«

»Gottlob nein.«

»Es ist nur ein Gerücht, das bei der Ärzteschaft kursiert. Ich brauche Ihnen ja nicht zu erzählen, daß diese in Aufruhr ist und wir alle es zu verstehen suchen. Gestern hat man mir versichert, daß Jave trotz des glänzenden äußeren Anscheins verschuldet ist und seit ein paar Monaten in der Klemme sitzt.«

»Aber das Geld seiner Frau?«

»Ich weiß nichts weiter darüber. Geben Sie diese Information der Polizei nicht weiter, sie wird sicher ganz von selbst daraufkommen. Ich möchte nicht, daß es von mir kommt.«

»Eine letzte Frage wegen der Ampullen. Sie haben beide Arten von Ampullen in der Hand und sind Fachmann: Hätten Sie sich möglicherweise auch geirrt?«

Er spürte ein Zögern bei seinem unsichtbaren Gesprächspartner. Dann sagte Pardon, indem er seine Worte genau abwog:

»Wenn es sich um meine Frau gehandelt hätte, vielleicht. Wir reagieren leicht nervös, wenn es sich um unsere Angehörigen oder um uns selbst dreht.«

»Oder um Ihre Geliebte.«

Pardon lachte kurz auf.

»Seit dem Internat hatte ich keine Geliebte mehr.«

Maigret ging wieder auf die Kaffeeterrasse und zog nachdenklich an seiner Pfeife. Es war beinahe Zeit für sein erstes Bier, und er sah zu, wie der Zeiger auf der elektrischen Uhr langsam vorrückte.

»Noch einen Jeton!« rief er schließlich dem Kellner zu.

Von der Telefonkabine aus rief er die Zeitung an, für die Lassagne arbeitete. Es konnte sein, daß der rothaarige Reporter um diese Zeit über seinem Artikel saß.

»Monsieur Lassagne, bitte, Mademoiselle.«

»Wer ist am Apparat?«

»Sagen Sie ihm, ich hätte eine wichtige Information zum Fall Jave.«

Die Zeitung bekam sicher Dutzende von Anrufen derselben Art, die meisten kamen von Verrückten oder Sonderlingen; aber auch bei der Kriminalpolizei hörte man sich alle geduldig an, denn manchmal erhielt man auf diese Weise einen zuverlässigen Hinweis.

»Hallo ... Wer ist am Apparat?«

Lassagne hatte eine rasselnde Stimme.

»Das tut nichts zur Sache, Monsieur Lassagne. Eigentlich habe ich keine Information, ich wollte Sie aber auf eine Lücke in Ihren Artikeln hinweisen.«

Er verstellte seine Stimme, so gut es ging.

»Machen Sie's kurz. Ich habe es eilig. Welche Lücke?«

»Wo war Josépha am Samstagnachmittag?«

Der Reporter sagte ganz lapidar:

»In der Wohnung.«

Er wollte aufhängen, aber der Kommissar kam ihm zuvor.

»In welcher Wohnung, meine ich. Hören Sie mir einen Augenblick zu. Die Javes hatten außer ihrem Kindermädchen nur zwei Hausangestellte. Das ist nicht viel für eine so große Wohnung wie die ihre, ich meine ihre Privatwohnung. Andererseits war in der Wohnung gegenüber, in der Praxis, niemand, wenn alles geputzt war, außer jemandem, der Patienten hineinließ.«

Lassagne legte nicht auf, und Maigret konnte seinen Atem hören.

»Ich glaube, ich verstehe.«

»Wo hatte sich Josépha während der Sprechstunden aufgehalten? In der Praxis? Im Vorzimmer? Im Schlafzimmer? Im Bad? Tat sie stundenlang nichts, wo es doch in der Wohnung gegenüber genug zu tun gab? Ich bin überzeugt, daß die Klingel an der Praxistür mit der anderen Wohnung verbunden ist.«

»Wollen Sie mir nicht Ihren Namen sagen?«

»Mein Name tut nichts zur Sache.«

»Ich danke Ihnen. Ich werde der Sache nachgehen.«

Maigret kam sich etwas lächerlich vor in der Rolle eines dieser komischen Käuze, die die Journalisten bestürmen, aber für ihn war dies die einzige Möglichkeit, eine Information zu erlangen, die ihn interessierte.

Es war anzunehmen, daß Janvier die Antwort schon kannte. Doch konnte er Janvier nicht anrufen. Einen Augenblick hatte er daran gedacht, sich an Lapointe zu wenden und ihn zu bitten, seine Anwesenheit in Paris nicht zu verraten. Vielleicht hatte er es nicht getan, weil das zu einfach gewesen wäre?

Es war ein wichtiger Punkt. Es war natürlich möglich, daß Josépha auf der ganzen Linie gelogen hatte und sie Madame Jave und ihren Mann hineingehen und herauskommen gesehen hatte. Aber es konnte auch sein, daß sie in der Wohnung gegenüber gewesen war und nichts von dem wußte, was sich auf der anderen Seite des Treppenflurs abspielte.

Éveline Jave hatte sicher keinen Wohnungsschlüssel. Doch wartete nicht Négrel auf sie? Hatte sie ihn nicht von Orly aus oder schon vor dem Abflug in Nizza angerufen?

Blieb die Concierge. Hatte die Concierge gelogen? Wie in vielen Häusern war der Salon ihrer Wohnung von der Küche und dem Schlafzimmer durch einen dicken Vorhang getrennt. War sie hinter dem Vorhang beschäftigt gewesen, als Éveline Jave hereingekommen war?

Er bestellte sein kleines Bier, trank es ohne Eile aus, und wenn er auch weiter über den Fall nachdachte, so doch ohne Leidenschaft, mit einer gewissen Distanz. Er stellte sich die hektische Atmosphäre am Quai des Orfèvres vor, die ungeduldigen Anrufe Coméliaus, der immer fand, die Polizei arbeite nicht schnell genug.

Janvier wußte durch den Wachtposten am Boulevard Haussmann, daß Jave Doktor Mérou hatte kommen lassen. Von den Leuten der Mordkommission, die das Kindermädchen in Cannes vernommen hatten, wußte er außerdem, wie Éveline Jave, und später ihr Mann, die Villa Marie-Thérèse verlassen hatten.

Man hatte weder das Kindermädchen noch das Kind in Paris eintreffen sehen, und es war verständlich, daß man beide dort ließ.

Er hatte Lust, zu Fuß zu gehen, und schlug den Weg zu den Quais ein, machte dabei einen großen Bogen um das Polizeipräsidium. In Saint-Germain-des-Prés ging er nur langsam weiter, und an der Ecke der Rue des Saints-Pères mußte er stehenbleiben, denn der junge Lapointe stand ungefähr hundert Meter von ihm entfernt am Rand des Trottoirs und rauchte eine Zigarette.

Er mußte lächeln, doch versetzte es ihm auch einen kleinen Stich. Von weitem warf er einen Blick auf das Gebäude, auf das die Beschreibung in der Zeitung paßte.

»Taxi!«

Er fuhr nach Hause. Das ging ihn alles nichts an. Er war in Urlaub, und Pardon hatte darauf bestanden, daß er wirklich Urlaub machte.

»Hast du schon beschlossen, was wir machen wollen?«

»Noch nicht. Hast du auch keine Idee?«

Sie hatte keine, und sie schauten sich an, zuerst ernst, dann lächelten beide, und schließlich fingen beide gleichzeitig zu lachen an.

Sie hatten sich vorgenommen, einmal alles ganz anders zu genießen, und nun wußten sie schon nach fünf Tagen Urlaub nicht mehr, was sie mit der Zeit anfangen sollten.

»Wohin könnten wir essen gehen? Du wolltest nicht, daß ich einkaufe. Ich kann aber noch Aufschnitt holen.«

Er zögerte, schüttelte den Kopf. Die Wohnung war ihm noch nie so still vorgekommen. Mit ihren rustikalen Möbeln erinnerte sie an ein Haus in einem Provinzstädtchen, und hinter den Jalousien, die wegen der Sonne halb heruntergelassen waren, dämmerte ein sanftes Halbdunkel.

»Also geh!«

Als sie schon auf dem Treppenflur war, rief er sie zurück:

»Bring mir eine Languste mit!«

Das war seine Lieblingsspeise gewesen, als sie noch nicht viel Geld hatten und er jeweils sehnsüchtig vor den Schaufenstern der Charcuterieläden verweilt war.

Er goß sich einen Aperitif ein, setzte sich in einen Fauteuil, löste seine Krawatte, rauchte seine Pfeife und träumte vor sich hin.

Die Hitze machte ihn schläfrig, prickelte auf seinen Lidern. Er glaubte die Stimme des jungen Mädchens auf der Place du Tertre zu hören, die im Fall Boulevard Haussmann unbedingt eine Liebesgeschichte sehen wollte.

Er war nicht so überzeugt davon. Jave hatte Schulden. Wie hatte er sie gemacht? War er ein Spieler? Spekulierte er an der Börse? Denn der Lebensstandard des Ehepaars war durchaus angemessen angesichts der Kundschaft des Arztes und der Einkünfte seiner Frau.

Eine zweite Wohnung?

Gilbert Négrel hatte eine Verlobte, die wahrscheinlich schon seine Geliebte war, da sie ihn in seiner Junggesellenwohnung besuchte. Was für eine Rolle hatte Éveline zwischen diesen beiden Männern gespielt?

Warum konnte sich Maigret des Eindrucks nicht erwehren, daß sie sich sowohl auf der einen wie auf der anderen Seite in ihren Erwartungen enttäuscht gesehen hatte?

Es war nur eine Intuition. Er sah das Foto vor sich

mit den dünnen Beinen, dem unsicheren Blick, der um Nachsicht oder Sympathie zu flehen schien.

In Paray-le-Frésil hatte er als kleiner Junge Mitleid mit den Hasen gehabt, weil er glaubte, die Natur habe sie nur als Nahrungsquelle für größere Tiere geschaffen.

Éveline erinnerte ihn an die Hasen. Sie war wehrlos. Als sie als junges Mädchen am Strand von Beuzec herumlief, konnte sie da nicht der erstbeste Mann erobern, vorausgesetzt er zeigte etwas Interesse und Zärtlichkeit?

Jave hatte sie geheiratet. Sie hatte ein Kind von ihm bekommen.

War dann Négrel, wie die kleine Verliebte gestern behauptet hatte, in ihr Leben getreten?

Er trank sein Glas aus, schob die Pfeife wieder zwischen die Zähne, und als Madame Maigret kurz danach nach Hause kam, hing diese Pfeife auf seinem Kinn, denn Maigret war eingeschlafen.

Es war ein richtiges kleines Mittagessen wie früher, als sie als Jungverheiratete noch in einem Logierhaus, wo man nicht kochen durfte, gewohnt hatten. Madame Maigret beobachtete ihn jedoch besorgt.

»Ich frage mich, ob du nicht doch Janvier anrufen solltest.«

»Warum?«

»Nicht um dich mit dem Fall zu befassen, aber damit er dich auf dem laufenden hält. Manchmal habe ich den Eindruck, daß du dich innerlich zermürbst. Du bist es nicht gewöhnt, nichts zu erfahren und auf die Zeitungen warten zu müssen.«

Er war drauf und dran, es zu tun. Es wäre einfach gewesen. Aber Janvier würde ihn bestimmt um Rat fragen, und dann würde er eben doch wieder in seinem Büro am Quai des Orfèvres sitzen und den ganzen Polizeiapparat dirigieren.

»Nein!« entschied er.

»Warum?«

»Das kann ich Janvier nicht antun.«

Das stimmte wirklich. Diesem bot sich nun endlich die Chance, einen sensationellen Fall ganz allein erfolgreich zu behandeln. Vielleicht stand er dabei Ängste aus, aber gleichzeitig erlebte er die schönsten Tage seiner beruflichen Laufbahn.

»Hältst du ein Mittagsschläfchen?«

Wieder sagte er nein, denn gleich würden die Abendzeitungen erscheinen, und er wollte unbedingt wissen, ob Lassagne die Antwort auf seine Frage gefunden hatte.

»Wir gehen spazieren«, entschied er.

Er wartete geduldig, bis sie das Geschirr gewaschen hatte, und war sogar drauf und dran, ihr dabei zu helfen.

»Gehen wir weit?«

»Ich weiß noch nicht.«

»Meinst du nicht, daß es ein Gewitter geben wird?«

»Wenn es regnet, gehen wir in ein Café.«

Sie spazierten gemütlich bis zum Canal Saint-Martin, wo er schon so oft Ermittlungen angestellt hatte, aber noch nie mit seiner Frau hergekommen war. Ein paar dicke weiße Wolken zogen am Himmel auf, gegen Osten sah eine davon schwerer aus als die übrigen, hatte in der Mitte einen dunkleren Fleck wie ein Krebsgeschwür kurz vor dem Platzen.

Die Luft war warm und windstill.

Kaum hatte er einen Zeitungsverkäufer entdeckt, streckte er schon den Arm aus, und wie am Vortag kaufte er die Abendausgaben der beiden Konkurrenzblätter.

»Setzen wir uns irgendwohin, damit ich einen Blick hineinwerfen kann.«

Madame Maigret schaute beunruhigt die kleinen Bistros am Quai an, die ihrer Meinung nach nicht besonders einladend waren.

»Hab keine Angst. Das sind anständige Leute.«

»Alle?«

Er zuckte die Achseln. Natürlich verging kaum eine Woche, ohne daß eine Leiche aus dem Kanal gezogen wurde. Abgesehen davon ...

»Glaubst du, die Gläser sind sauber?«

»Bestimmt nicht.«

»Trinkst du trotzdem etwas?«

Auf der Kaffeeterrasse, die er ausgesucht hatte, standen nur drei Tischchen; gegenüber wurden aus einem Lastkahn Ziegel entladen. Drinnen lehnte ein junger Mann in schwarzem Pullover und Strohsandalen an der Theke und redete leise mit dem Wirt.

Maigret bestellte einen Schnaps für sich und einen Kaffee für seine Frau, obwohl sie ihn nicht trinken würde.

AUFREGENDER BERICHT DER TOXIKOLOGEN

Das hatte er schon in den Morgenausgaben gelesen, doch hatte Lassagne inzwischen den Artikel ausgefeilt und mehrere bekannte Ärzte interviewt. Sie alle waren ungefähr der gleichen Meinung wie Pardon: Ein Irrtum war möglich, aber nicht wahrscheinlich.

Lassagne hatte einen Präzedenzfall in den Archiven gefunden. Es handelte sich dabei um einen Arzt aus Südfrankreich, bei dem ebenfalls in einem Wandschrank die Leiche eines seiner Patienten gefunden worden war.

Der besagte Doktor hatte vor dem Schwurgericht auf Irrtum plädiert und behauptet, er habe die Ampullen verwechselt und dann angesichts der Leiche die Nerven verloren.

»Ich hatte Angst, das Dienstmädchen könnte mein Sprechzimmer betreten und den Toten entdecken. Es war dumm von mir, das zu tun. Um Zeit zum Überlegen zu gewinnen, habe ich ihn in einen Wandschrank gesteckt.«

Er war bis über die Ohren verschuldet gewesen. Die Brieftasche des Patienten, die einen ziemlich großen Geldbetrag enthalten hatte, wurde nie gefunden, und der Arzt war zu einer Zuchthausstrafe verurteilt worden.

Wußte Lassagne, daß Jave auch Schulden hatte? Wenn ja, sagte er es nicht. Dagegen schrieb er im Untertitel:

Wo war Josépha?

Und damit bekam Maigret die Antwort auf seine am

Morgen gestellte Frage. Er war nicht eitel, aber er machte doch ein befriedigtes Gesicht; er hatte sich also nicht getäuscht, auch wenn ihm keine anderen Tatsachen bekannt waren als allen andern Leuten.

Lassagne beschrieb das Problem der beiden Wohnungen und der beiden gegenüberliegenden Eingänge. Wenn Josépha morgens mit dem Saubermachen der Praxisräume jeweils fertig war, ging sie tatsächlich durch den Treppenflur und hielt sich am Nachmittag in der Wohnung auf. Die Klingel zeigte ihr an, wenn ein Patient auf der andern Seite läutete.

An dem Samstag, da sich das Drama abgespielt hatte, hielt sie sich in den Wohnräumen auf, wo sie, wie jeden Tag, gelüftet und abgestaubt hatte.

Lassagne war noch weiter gegangen, denn Maigrets Anruf hatte ihn neugierig gemacht. Dreimal hatte er versucht, das Haus zu betreten, ohne von der Concierge gesehen zu werden. Zweimal hatte sie ihn im Vorbeigehen aufgehalten. Das dritte Mal konnte er den Aufzug erreichen, ohne bemerkt zu werden.

Es war also nicht ausgeschlossen, daß Éveline Jave ohne Wissen der Concierge in ihre Wohnung hinaufgegangen war.

Ließ sich daraus folgern, daß dies Jave auch gelungen war und daß er später das Haus genauso hatte verlassen können?

Außerdem mußte jemand mit einem Paket unter dem Arm hinausgegangen sein, denn die Kleider der jungen Frau waren verschwunden. Hatte man die Concierge gefragt, ob Dr. Négrel, als er um halb sechs Uhr wegging, ein Paket unter dem Arm hatte?

»Glaubst du an einen Unglücksfall?«

Madame Maigret begann sich sehr für den Fall zu interessieren, doch machte sie dabei ein gleichgültiges Gesicht.

»Es ist alles möglich.«

»Hast du gelesen, was sie über die Verlobte schreiben?«

»Noch nicht.«

In seiner Zeitung stand das erst auf der dritten Seite. Das Foto eines jungen, sympathischen Mädchens mit einem offenen Gesicht, das ein hübsches Hemdblusenkleid trug. Sie schaute ganz unbefangen in die Kamera.

Als Überschrift:

WIR WOLLEN IM HERBST HEIRATEN

Sie sagte nicht:

»Wir wollten.«

Sie war optimistisch, ihrer selbst und ihres Verlobten sicher.

»Wir wollen...«

Lassagne hatte in den letzten vier Tagen nicht viel geschlafen, nach dem zu urteilen, wieviel er arbeitete.

Gestern konnten wir die Verlobte von Dr. Négrel zu Hause, das heißt bei ihren Eltern – denn sie wohnt bei ihnen –, erreichen.

Es handelt sich um Mademoiselle Martine Chapuis, die einzige Tochter des bekannten Anwalts Maître Noël Chapuis.

Weder Maître Chapuis noch seine Tochter hatten etwas dagegen, uns in ihrer Wohnung an der Rue du Bac, gleich neben der Rue des Saints-Pères zu empfangen.

Ja, der Anwalt verhielt sich sogar äußerst geschickt und ließ uns mit seiner Tochter allein, die dadurch unsere Fragen ganz ungehemmt beantworten konnte.

Zuerst muß man sagen, daß die vierundzwanzigjährige Martine Chapuis ein modernes junges Mädchen im besten Sinn des Wortes ist. Nach Bestehen des juristischen Staatsexamens studierte sie ein Jahr lang Philosophie an der Sorbonne und entschied sich dann für das Medizinstudium, von dem sie bisher sechs Semester absolviert hat.

Intelligent und offen für alles, ist sie außerdem eine glänzende Sportlerin, fährt jeden Winter Ski und hat ein Diplom als Gymnastiklehrerin erworben.

Wir hatten eine junge Person vor uns, die nicht im mindesten niedergeschlagen, sondern voller Zuversicht und beinahe heiter war.

»Es stimmt, daß Gilbert und ich seit sechs Monaten verlobt sind. Wir kennen uns seit einem Jahr. Ich habe ein paar Monate gewartet, bevor ich ihn meinen Eltern vorstellte, und sie bringen ihm ebensoviel Vertrauen entgegen wie ich.«

»Wo sind Sie sich begegnet?«

»Bei Professor Lebier, bei dem ich Vorlesungen höre und bei dem Gilbert Assistent ist.«

»Möchten Sie Ihr Medizinstudium fortsetzen und später mit Ihrem Mann zusammenarbeiten?«

»Wir beabsichtigen es. Ich möchte ihm wenigstens

helfen, bis wir Kinder haben. Dann werden wir sehen.«

»Kannten Sie Madame Jave?«

»Ich bin ihr nie begegnet.«

»Hat Ihr Verlobter von ihr geredet?«

»Beiläufig.«

»Redete er über sie wie eine Freundin?«

»Sie können offen mit mir reden. Ich weiß, worauf Sie hinauswollen. Sie möchten gern wissen, ob Madame Jave Gilberts Geliebte war.«

»Ich wagte nicht, so direkt zu fragen.«

»Warum nicht, wo doch jeder danach fragt? Das ist verständlich. Natürlich hatte Gilbert Liebesverhältnisse, bevor er mich kennenlernte, und ich bin nicht sicher, ob er nicht auch später welche hatte. Ich bin nicht eifersüchtig auf diese Art von Abenteuer. Bei Madame Jave hingegen wäre ich überrascht, wenn etwas zwischen den beiden gewesen wäre.«

»Aus welchem Grund?«

»Wegen Gilberts Charakter. Seine Arbeit interessiert ihn mehr als alles auf der Welt.«

»Mehr als Sie?«

»Wahrscheinlich. Er hätte sich schon vor Jahren eine Praxis aufbauen können, aber er zieht die Forschungstätigkeit bei Professor Lebier vor. Geld ist für ihn nicht wichtig. Er hat wenig Bedürfnisse. Sie haben seine Wohnung gesehen.«

»Ich weiß, daß Sie ihn besucht haben.«

»Ich mache kein Hehl daraus. Ich habe es auch meinem Vater nicht verheimlicht. Wir lieben uns. Wir werden im Herbst heiraten. Ich sehe nicht ein, warum

ich ihn nicht besuchen soll, wenn ich ihn sehen möchte. Wir leben nicht mehr im Zeitalter der Gouvernanten. Wie gesagt, Gilbert hat Geliebte gehabt, aber er nahm sich immer in acht vor Verhältnissen, die Komplikationen und Zeitverlust nach sich gezogen hätten.«

»Es wäre möglich, daß er Éveline Jave liebte. Der Liebe kann man nicht befehlen.«

»Dann hätte ich es gemerkt.«

»Haben Sie versucht, ihn zu treffen, seit die Polizei ihn vernommen hat?«

»Ich habe mehrmals mit ihm telefoniert. Eigentlich verbringen wir beide einen gut Teil des Tages am Telefon. Ich bin nicht in die Rue des Saints-Pères gegangen, denn er möchte, daß ich möglichst wenig mit dem Fall zu tun habe, und weil dauernd Fotoreporter vor seinem Haus stehen.«

»Wie hat Ihr Vater reagiert?«

Sie zögerte einen Augenblick.

»Zuerst war er verärgert, denn es ist nie angenehm, noch dazu für einen Anwalt, direkt oder indirekt in ein solches Drama verwickelt zu werden. Wir haben darüber gesprochen. Mein Vater und ich verstehen uns sehr gut. Er hat Gilbert angerufen und ihm seine Hilfe angeboten, falls er sie benötigen sollte.«

»Hat er ihm Ratschläge gegeben?«

»Ich habe die Unterhaltung nicht mitangehört. Ich weiß nur, daß Papa Gilbert als Anwalt begleiten wird, wenn er, was wahrscheinlich ist, noch einmal vom Untersuchungsrichter vernommen wird.«

»Haben Sie Ihren Verlobten am Samstag abend

gesehen? Ich nehme doch an, daß Sie den Sonntag gewöhnlich zusammen verbringen.«

»Am Samstag abend habe ich ihn nicht gesehen, weil meine Eltern und ich an jenem Tag mittags von Paris aufs Land fuhren. Wir haben ein Häuschen in Seine-port, wo wir das Wochenende verbringen. Gilbert kam Sonntag morgen mit dem ersten Zug nach. Er hat kein Auto.«

»Wirkte er nicht unruhig?«

»Er war wie immer. Wir haben einen Teil des Tages mit Rudern verbracht, und Papa, der Montag sehr früh etwas zu erledigen hatte, nahm ihn abends im Auto mit nach Paris.«

»Kam es vor, daß Sie Ihren Verlobten am Boulevard Haussmann besuchten?«

»Einmal. Ich war gerade in der Gegend. Ich wollte seinen Arbeitsort kennenlernen. Ich lerne gern jede Umgebung kennen, in der er lebt, um in Gedanken bei ihm sein zu können.«

»Wurden Sie von Josépha hereingelassen?«

»Ja, vom Dienstmädchen. Ich wußte noch nicht, daß sie Josépha heißt.«

»Warteten Sie im Vorzimmer?«

»Wie eine Patientin. Vor mir waren zwei Personen gekommen.«

»Betraten Sie außer dem ersten Sprechzimmer noch andere Räume?«

»Ich habe mir alle Räume angesehen.«

»Auch die in der Privatwohnung?«

»Nein. Ich spreche von der Praxis auf der linken Seite.«

Keinerlei Verlegenheit. Kein Zögern. Wir erlaubten uns weiterzufragen:

»Auch das Schlafzimmer?«

Und ohne rot zu werden schaute sie uns an und antwortete:

»Auch das Schlafzimmer und das Bad, das mit Koffern vollgestopft ist.«

Maigret gab den Artikel seiner Frau und beobachtete sie verstohlen beim Lesen, denn er wußte schon im voraus, an welchen Stellen sie stutzen würde. Was sie auch prompt tat. Zwei- oder dreimal seufzte sie. Als sie fertig war, drehte sie sich nicht zu ihm um, sondern starrte auf den Kahn, der entladen wurde.

»Ein komisches junges Mädchen«, murmelte sie.

Um sie zu necken, tat er so, als ob er nichts gehört hätte. Nach einer Weile fragte sie:

»Findest du das in Ordnung?«

»Was?«

»Hast du nicht gelesen? Die Besuche in der Rue des Saints-Pères. Das Schlafzimmer ... Zu meiner Zeit ...«

Er zögerte. Er wollte sie nicht verletzen, sagte aber trotzdem:

»Erinnerst du dich nicht mehr? Der kleine Wald im Vallée de Chevreuse ...«

Wenn Martine Chapuis nicht rot geworden war, so bekam Madame Maigret jetzt einen roten Kopf.

»Du wirst doch nicht behaupten, das sei dasselbe?«

»Es war eine Woche vor unserer Hochzeit.«

»Bei ihnen sind es zwei Monate.«

»Wenn sie überhaupt heiraten!«

»Wenn sie nicht heiraten, ist es nicht ihre Schuld.«

Beinahe eine Viertelstunde lang schmollte sie. Sie kamen an das Ende des Kanals, gingen am Ufer entlang und blieben hinter jedem Angler stehen, bis sie schließlich lächelte, denn sie konnte ihm nie lange böse sein.

»Warum hast du das gesagt?«

»Weil es stimmt.«

»Und hättest du es auch den Journalisten erzählt und damit angegeben?«

Er wußte nicht, was er dazu sagen sollte, und stopfte statt dessen seine Pfeife. Als er stehenblieb, um sie anzuzünden, fielen dicke Tropfen auf den Boden und auf seinen Hut.

5

Das Alibi des Dr. Jave

Das Gewitter hatte sich in die Nacht hineingezogen, und das Wetter wurde schlecht, nachdem es über eine Woche lang gleichmäßig schön gewesen war. An jenem Morgen war die Luft beinahe kalt, über den Straßen lag ein grauer Nebel, und die Sonne schien fahl wie im Februar.

Doch nicht deswegen war Maigret schlechter Laune. Als er hinausgegangen war, um seine Zeitungen zu holen, hatte ihn seine Frau wie jeden Morgen gefragt:

»Hast du irgendwelche Pläne für heute?«

Er hatte es verneint, wie an den anderen Tagen.

»Würde es dir etwas ausmachen, wenn wir zu Hause essen?«

Er hatte nicht gleich verstanden, worauf sie hinauswollte.

»Warum sollte mir das etwas ausmachen?«

Da hatte sie geseufzt:

»Meine Füße schmerzen mich so. Ich möchte gerne einen Tag ausruhen.«

Anders ausgedrückt, sie fürchtete nicht das Essen im Restaurant, sondern die anschließenden Spaziergänge durch Paris, die sie mit ihrem Mann machen mußte. Welcher Tag war heute? Seit er Urlaub hatte, kümmerte er sich nicht darum. Es mußte Freitag sein, und sie hatte schon genug.

»Bis gleich«, hatte er gemurmelt.

»Bist du enttäuscht?«

»Aber nein.«

»Ich muß auch meine Kleider in Ordnung bringen.«

Sie hatte tatsächlich jeden Tag ein neues Kleid angezogen, um ihm Freude zu machen, und so viele Sommerkleider besaß sie nicht.

Trotzdem! Vielleicht hätte er sie nicht in jenes zweifelhafte Bistro in der Nähe des Boulevard de la Chapelle ausführen und dann zu Fuß mit ihr im Regen nach Hause zurückkehren sollen. Er hatte geglaubt, das würde ihr gefallen. Sie waren beide durchnäßt gewesen und jedesmal, wenn ein Windstoß kam, meinte Maigret zu ihr:

»Stell dir vor, du seiest am Meer!«

Es war unwichtig. Wahrscheinlich hatte sie wirklich Fußschmerzen, denn in dieser Hinsicht war sie schon immer empfindlich gewesen.

Er kaufte seine Zeitungen, setzte sich trotz des kühlen Wetters in seine Ecke auf der Kaffeeterrasse und bestellte seinen schon traditionellen Kaffee.

In den Morgenausgaben stand nichts. Sie wiederholten nur – aber weniger ausführlich –, was die Abendausgaben am Vortag schon gemeldet hatten.

Plötzlich war eine Leere da, als wäre der Fall an einem toten Punkt angelangt. Er war enttäuscht. Sein erster Gedanke war:

»Was machen die bloß?«

Er dachte an Janvier und die anderen am Quai des

Orfèvres, deren Aufgabe es war, den Fall aufzuklären. Es vergingen einige Minuten, bis sein Humor wieder die Oberhand gewann und er über sich selbst lachen konnte.

Er hatte soeben wie ein Durchschnittsleser reagiert. Man hatte ihm seine Halbtagesration nicht vorgesetzt, und schon fing er an zu nörgeln. Er hatte wie jedermann einen Augenblick das Gefühl gehabt, daß die Polizei nichts leiste, und er verstand nun auch die Beharrlichkeit der Reporter besser, die bei einem sensationellen Fall seine Tür zu belagern pflegten.

»Sagen Sie uns irgend etwas, Kommissar, aber sagen Sie etwas!«

Er las die ganze Zeitung durch, informierte sich über das Wetter an den Badeorten und Stränden, die gerade in Mode waren, über die Prominentenwitze, die Verkehrsunfälle und las sogar einen langen Artikel über die Zukunft des Fernsehens.

Bis zum Mittag unternahm er nichts Besonderes. Er ging planlos durch die Straßen, besuchte zwei kleine Bars und trank einen Aperitif. Als er nach Hause kam, wartete ein Hühnchen nach Hausfrauenart auf ihn und eine Madame Maigret, der das, was sie am Morgen zu ihm gesagt hatte, leidtat.

»Bist du mir nicht böse?«

»Warum?«

»Ich hoffe, du denkst nicht, ich langweile mich mit dir? Es sind wirklich meine Füße ...«

»Ich weiß.«

»Du kannst ja trotzdem ausgehen.«

Vielleicht würde es nochmals ein Gewitter oder

auch nur Regen geben, denn die Sonne war verschwunden und der Himmel sah ganz grau aus. Er wußte nicht, wohin er gehen sollte, verließ aber, immer noch verstimmt, die Wohnung trotzdem. Am Boulevard Voltaire bog er nicht nach links, sondern nach rechts ab, und als er die Place Voltaire erreichte, begann es tatsächlich in Strömen zu regnen.

Er ging in ein Stammcafé gegenüber dem Rathaus, wo man, wie er wußte, im hinteren Saal Billard spielen konnte. Wenn er einen Partner finden würde, dachte er, würde er ganz gern eine Partie spielen. Er hatte früher nicht schlecht gespielt. Er sah gern den Kugeln zu, die, wenn man ihnen die gewünschte Richtung gab, beinahe intelligent davonrollten, und er hörte sie auch gern aufeinanderprallen.

Die beiden Billardtische waren zugedeckt. Dagegen wurde am Fenster Belote gespielt, und Maigret setzte sich nicht weit davon hin. Er sah von seinem Platz aus zwei Spiele auf einmal, und einer der Spieler drehte sich jedesmal, wenn er gute Karten hatte, nach ihm um und zwinkerte ihm zu.

Eigentlich fühlte er sich ganz wohl. Der älteste der vier mußte Rentner sein und einmal einen höheren Verwaltungsposten innegehabt haben, denn er war Offizier der Ehrenlegion, und sein Partner wurde mit »Professeur« angeredet. Wahrscheinlich war er an einem Lyzeum gewesen.

»Pik-As, noch ein Pik-As und Trumpf ...«

Der Rentner streckte als einziger die Hand aus, als ein Zeitungsverkäufer in das Café kam. Dann aber legte er die Zeitung auf den Tisch nebenan, ohne sie durchzublättern, und beschäftigte sich nur mit seinen Karten. Endlich gab es Neuigkeiten. Wie Maigret vermutete, war die Kriminalpolizei nicht untätig gewesen, doch kann man nicht zweimal täglich der Presse sensationelle Meldungen liefern.

Auf der ersten Seite standen mehrere Überschriften unter einem fettgedruckten Titel:

Das Alibi des Dr. Jave
Inspektor Janvier in Cannes
Der Schmuck der Toten

Das war viel auf einmal, und Maigret schaute den Kartenspielern nicht mehr zu, sondern vertiefte sich in die Zeitung.

Der Fall Boulevard Haussmann, schrieb der kleine Lassagne, *nahm in den letzten vierundzwanzig Stunden eine Wendung, die weitere Überraschungen in Aussicht stellt.*

Das Verdienst kommt offenbar Inspektor Janvier zu, der in Abwesenheit von Kommissar Maigret, der immer noch Urlaub hat, die Ermittlungen leitet.

Schon zu Beginn der Ermittlungen wurde ein Rechtshilfeersuchen an die Brigade Mobile des Alpes Maritimes geschickt mit dem Auftrag, Mademoiselle Jusserand, das Kindermädchen der kleinen Michèle Jave, zu vernehmen, die immer noch in der Villa Marie-Thérèse wohnt.

Welche Informationen erhielt die Kriminalpolizei auf diese Weise? Wir wissen es noch nicht, doch fuhr gestern morgen einer unserer Reporter am Quai des

Orfèvres hinter Inspektor Janvier her, der Hals über Kopf mit dem Auto wegfuhr.

Diese Beschattung, wenn wir so sagen dürfen, führte unseren Mitarbeiter bis nach Orly, wo Inspektor Janvier zu einem Flugzeug mit Bestimmungsort Nizza eilte, das gleich darauf abflog.

Wir haben sogleich mit unserem Korrespondenten an der Côte d'Azur telefoniert und erfuhren dadurch den neuesten Stand in der Entwicklung der Ereignisse.

Wie wir schon sagten, verweigerte Mademoiselle Jusserand bisher jede Aussage; die Reporter erspähten sie nur manchmal mit dem Kind im Garten der Villa Marie-Thérèse.

Diese Villa, die Dr. Jave für sechs Wochen gemietet hat, liegt etwas außerhalb der Stadt auf halber Höhe von La Californie. Es ist ein gelbgestrichenes Haus, das zu Anfang des Jahrhunderts in dem damals beliebten Rokokostil erbaut wurde. Der weitläufige Garten ist mit Eukalyptusbäumen und Schirmakazien bepflanzt.

Drei Tage lang haben Lokalreporter und auch Kameraleute vergeblich vor dem Portal ausgeharrt, durch das nur die Lieferanten hereingelassen wurden.

Inspektor Janvier wurde gleich nach seiner Ankunft zusammen mit einem Polizeiinspektor aus Cannes vorgelassen; ihre Unterredung mit Mademoiselle Jusserand dauerte über drei Stunden.

Mademoiselle Jusserand ist eine etwa fünfzigjährige, vielleicht auch etwas ältere, streng aussehende Frau mit einem blassen Gesicht, in dem sich kaum eine Regung zeigt, und scheint nicht sehr umgänglich zu sein. Sie war lange Krankenschwester in einer Privatklinik, bis Dr. Jave sie bei der Geburt seines Kindes engagierte.

Sie ist unverheiratet, und wenn man sie sieht, kann man sich nur schwer vorstellen, daß es in ihrem Leben je einen Mann gab.

Unser Korrespondent ließ uns einige Einzelheiten wissen über das Leben des Ehepaars Javes in Cannes bis zum Augenblick des tragischen Ereignisses.

Sie benützten dort unten den großen grauen Pontiac, mit dem sie aus Paris angereist waren und den Éveline Jave offensichtlich nie gefahren hatte.

Der Arzt benutzte ihn jeden Morgen, um seine Frau, das Kindermädchen und das Kind an den Strand zu fahren; er selbst blieb nicht dort, sondern fuhr gleich zu einem Tennisplatz in der Nähe weiter, wo er zwei Stunden mit einem Trainer spielte.

Éveline Jave hatte sich am Strand an niemanden angeschlossen. Sie ging mit dem Kind schwimmen und legte sich anschließend immer unter einem schützenden Sonnenschirm in den Sand, während das Kindermädchen ihre kleine Tochter beaufsichtigte.

Gegen Mittag holte Dr. Jave sie wieder ab, und alle fuhren zurück in die Villa Marie-Thérèse.

Unserem Korrespondenten gelang es, mit der Köchin zu reden, die aus der Gegend stammt und für die Dauer der Ferien angestellt worden war. Er fragte sie:

»Führten sie eine harmonische Ehe?«

»Ich weiß es nicht.«

»Kam es vor, daß sie sich stritten?«

»Ich habe nichts gehört.«

»Haben Sie sie manchmal dabei überrascht, als sie sich küßten?«

»Aber Monsieur!«

Der Arzt verbrachte seine Nachmittage entweder mit der Lektüre medizinischer Fachliteratur hinten im Garten, oder er ging auf der Croisette spazieren und trank dann jedesmal seinen Aperitif an der Bar des Majestic.

Beim Verlassen der Villa Marie-Thérèse verweigerte der Inspektor, der ein sorgenvolles Gesicht machte, jede Erklärung und fuhr zum Flugplatz. Heute morgen jedoch entschloß er sich, wahrscheinlich nach Rücksprache mit Richter Coméliau, die Journalisten zu empfangen und ihnen einige Stichworte über die Ergebnisse seiner Reise zu geben.

Das ging beinahe vor sich wie die berühmten Pressekonferenzen im Weißen Haus, natürlich in kleinerem Rahmen, wobei jeder seine Fragen stellte. Der Inspektor ging nicht auf alle ein.

Zuerst möchten wir kurz angeben, was Jave und seine Frau in den Stunden vor deren Tod taten. Es handelt sich dabei um die Version von Mademoiselle Jusserand:

Am Freitag abend gegen neun Uhr, als ihr Mann ausgegangen war, um einen Rundgang durch das Viertel zu machen, rief Éveline Jave in Paris an und führte ein ziemlich langes Gespräch.

Inspektor Janvier hat uns nicht verheimlicht, daß man die Nummer herausgefunden hat; es handelt sich um die von Dr. Négrel in der Rue des Saints-Pères.

Kurz danach kündigte Madame Jave dem Kindermädchen an:

»Ich bin morgen den ganzen Tag nicht da. Ich besuche eine Freundin in Saint-Tropez.«

Und sie gab ihr Anweisungen für den Haushalt.

Es ist anzunehmen, daß sie ihrem Mann das gleiche sagte. Sie hatte ein Taxi zum Bahnhof bestellt und fuhr mit der Micheline, die Cannes um zehn Minuten nach acht verläßt.

Hier kommt es nun zu einer echten Umkehrung der Situation. Man hatte angenommen, Jave sei seiner Frau gefolgt, habe in Nizza das Flugzeug um neun Uhr fünfzehn verpaßt und sei nach London geflogen, um sie möglichst schnell wieder einzuholen.

Die Aussagen von Mademoiselle Jusserand entkräften diese Theorie und zeigen den Arzt vom Boulevard Haussmann in einem völlig neuen Licht.

Jave verließ die Villa Marie-Thérèse kurz nach seiner Frau, als ob er tatsächlich nur darauf gewartet hätte, bis die Luft rein war, und fuhr mit seinem Auto zum Flughafen von Nizza, wo er das Flugzeug nach Paris nur um zwei oder drei Minuten versäumte.

Bei keinem der Angestellten erkundigte er sich nach seiner Frau. Nach der Aussage des Kindermädchens wußte er in jenem Augenblick nicht, daß Madame Jave mit dem Flugzeug unterwegs war und glaubte wirklich, sie sei bei einer Freundin in Saint-Tropez.

Er war es in Wirklichkeit, der die Abwesenheit seiner Frau für einen Seitensprung nutzte.

Denn um einen solchen handelte es sich, wie die Nachforschungen der Polizei ergeben sollten.

Maigret mußte umblättern und sah abwesend den Kartenspielern zu. Auf der dritten Seite fand er eine neue Überschrift.

DAS GEHEIME LEBEN DES DR. JAVE

Am besten geben wir an dieser Stelle einige der Fragen und Antworten wieder, die im Büro von Inspektor Janvier ausgetauscht wurden. Das Büro ist kein anderes als das von Kommissar Maigret, in dem sich der Inspektor eingerichtet hat.

Maigret stutzte ohne eigentlichen Grund.

»Sagte Mademoiselle Jusserand freiwillig aus?«

»Nein. Eigentlich mußten wir ihr jede einzelne Antwort abnötigen, was ziemlich schwierig war.«

»Ist sie ihrer Herrschaft gegenüber ergeben?«

»Ich habe den Eindruck, daß sie allen Menschen den gleichen Haß entgegenbringt.«

»Wie stand sie zu Madame Jave?«

»Ich glaube, sie mochte sie nicht.«

»Kurz, sie mag niemanden.«

»Das Kind, das sie ein bißchen als das ihre betrachtet, und sich selbst. Sie hat eine sehr hohe Meinung von sich.«

»Ist sie eine Frau, die an der Tür horcht?«

Hier hatte Janvier eine kleine Bemerkung riskiert, mit der er sich bestimmt einige Millionen Leserinnen zu Feindinnen machte.

»Horchen nicht alle Frauen an der Tür?«

»Glauben Sie ihrer Aussage?«

»Bis jetzt wurde alles oder beinahe alles überprüft.«

»Hatte der Doktor ein Verhältnis in Paris?«

»Ja. Sogar mehr als das, man könnte von der großen Liebe sprechen.«

»Wußte seine Frau davon?«

»Offiziell nicht.«

»Aber Mademoiselle Jusserand war auf dem laufenden?«

»Offenbar.«

»Waren noch andere Personen eingeweiht?«

»Josépha.«

»Warum?«

»Weil es sich um ihre Tochter Antoinette handelt, die in der Rue Washington, ganz nahe beim Boulevard Haussmann wohnt.«

»War Josépha einverstanden?«

»Ja.«

Inspektor Janvier gab uns dann einige aufregende Einzelheiten bekannt. Vor ungefähr zwei Jahren war Joséphas Tochter, Antoinette Chauvet, die damals als Verkäuferin in einem der Warenhäuser der Grands Boulevards arbeitete, tuberkulös geworden, und Dr. Jave hatte sich anerboten, sie zu behandeln.

Nebenbei bemerkt, hat das junge Mädchen eine gewisse Ähnlichkeit mit Madame Jave. Wie diese ist sie ziemlich schlank, ihr Gesichtsausdruck ist betrübt, und ihren Blick könnte man furchtsam nennen.

Jave besuchte sie regelmäßig in der Rue Washington. Da sie absolute Ruhe brauchte, kam er für ihren

Unterhalt auf und schickte sie sogar für zwei Monate aufs Land.

Nach ihrer Rückkehr wurden die Besuche fortgesetzt und in den letzten beiden Jahren nicht abgebrochen.

Dieser Umstand führte zur Behauptung gewisser Leute, sie sei ein lockeres Mädchen. Als sie wieder hergestellt war, nahm sie tatsächlich ihre Arbeit nicht mehr auf, und jedesmal, wenn er zwischen zwei Krankenbesuchen Zeit hatte, eilte Dr. Jave in die Rue Washington.

»Auch wenn Josépha dort war?«

»Auch wenn Josépha dort war. Für sie war Jave eine Art Halbgott geworden, der sich alles herausnehmen durfte.«

»Jave begab sich also am Samstag Hals über Kopf zu Antoinette Chauvet?«

»Die Concierge in der Rue Washington bestätigt es, denn sie sah ihn knapp fünfundvierzig Minuten, nachdem das Flugzeug aus London in Orly gelandet war, das Haus betreten.«

»Wie lange ist er dort geblieben?«

»Josépha war gerade abwesend, und wir haben nur Antoinettes Aussage. Demnach verließ Jave die Rue Washington erst um sieben Uhr abends, gerade rechtzeitig, um trotz des Stoßverkehrs noch den Acht-Uhr-Zug an der Gare de Lyon zu erreichen.«

»Und Josépha?«

»Sie behauptet weiterhin, die Wohnung Boulevard Haussmann kurz nach Dr. Négrel, das heißt gegen

sechs Uhr, verlassen zu haben und zu ihrer Tochter gegangen zu sein.«

»Wo sie Jave antraf?«

»Sie behauptet es.«

»So daß Jave ein Alibi hat.«

Inspektor Janvier schien nicht so überzeugt. Angesichts der Dankbarkeit Antoinettes und ihrer Mutter gegenüber dem Arzt ist ihre Aussage mit Sicherheit verdächtig. Andererseits hat die Concierge Jave zwar hineingehen, aber nicht herauskommen sehen. Sie war um diese Zeit allerdings bei einem Lebensmittelhändler in der Nähe, und die Pförtnerloge blieb fünfzehn oder zwanzig Minuten unbesetzt. Angenommen, Philippe Jave verließ die Rue Washington gegen sieben Uhr, hatte er dann noch Zeit, in den Boulevard Haussmann zu laufen, seine Frau umzubringen, sie in den Wandschrank einzuschließen und zur Gare de Lyon zu eilen?

Das ist wenig wahrscheinlich, doch soll heute ein Lokaltermin diesen Punkt klären.

Maigret war nachdenklich. Irgend etwas stimmte hier nicht. Hatte ihm Pardon nicht im Vertrauen gesagt, daß Jave für völlig verschuldet galt und sich in einer prekären Situation befand?

Antoinette in ihrer bescheidenen Wohnung in der Rue Washington war sicher keine sehr anspruchsvolle Frau.

Auch war Maigret ein bißchen eifersüchtig, eifersüchtig auf Janvier, nicht weil er Erfolg hatte, sondern wegen einer ganz lächerlichen Sache. Jedesmal, wenn eine Ermittlung mit Kosten, mit einer Reise verbunden war, mußte man sich bei der Kriminalpolizei mit der Finanzstelle herumschlagen, die die Rechnungsbelege peinlich genau prüfte.

Wie hatte Janvier es geschafft, nach Cannes fliegen zu können? Offensichtlich maß man diesem Fall eine außerordentliche Bedeutung bei, wenn man so tief in die Tasche griff.

DIE FRAU MIT DEM SCHMUCK

Ab und zu beobachtete ihn einer der Kartenspieler, und einer lehnte sich sogar zu ihm herüber, um einen Blick in seine Zeitung zu werfen.

»Ist es Jave?« fragte er.

»Man weiß es noch nicht.«

»Wenn Sie mich fragen, er ist es.«

Hätte er den Artikel weitergelesen, wäre er sicher weniger überzeugt gewesen.

Inspektor Janviers Reise nach Cannes brachte noch eine zweite, nicht minder große Überraschung als die erste.

Schon seit ein paar Tagen kursierte das Gerücht, daß die finanzielle Situation der Javes trotz der anscheinend guten Verhältnisse keineswegs glänzend gewesen und der Arzt verschuldet sei.

Sofort drängt sich der Gedanke auf, Jave habe ein Doppelleben geführt und wahrscheinlich eine kostspielige Geliebte gehabt, denn er war weder ein Spieler noch ein Spekulant.

Welches Faß ohne Boden verschlang also die nicht

geringen Einkünfte von Madame Jave und die noch ansehnlicheren Honorare ihres Mannes?

Noch einmal hatte Mademoiselle Jusserand des Rätsels Lösung bereit.

Handelte sie aus weiblichen Rachegefühlen, oder geschah es ganz harmlos? Es ist nicht an uns, dies zu beurteilen. Jedenfalls fragte sie Inspektor Janvier, als dieser gerade gehen wollte:

»Möchten Sie nicht den Schmuckkoffer mitnehmen? Da ich hier mit dem Kind und der Köchin allein wohne, wäre es mir lieber, wenn ich keine Verantwortung dafür übernehmen müßte.«

»Wo steht dieser Koffer?«

»Im Schlafzimmer von Madame. Sie nimmt ihn immer mit, wenn sie verreist, und ich bin erstaunt, daß sie ihn hiergelassen hat.«

Es handelte sich um einen eher kleinen Koffer, der von einem der berühmten Sattler am Fauborg Saint-Honoré stammte. Wie zu erwarten, war er verschlossen.

»Ich weiß, wo der Schlüssel ist«, erklärte Mademoiselle Jusserand, die ganz offensichtlich über viele Sachen Bescheid weiß.

Sie wies auf die Schublade einer Kommode, wo in der Tat unter einem Stapel Wäsche der Schlüssel lag.

Inspektor Janvier machte kein Hehl daraus, daß er beim Anblick des Schmucks in dem Köfferchen überrascht war. Der Schmuck ist noch nicht begutachtet worden, aber auf den ersten Blick läßt sich sein Wert auf etwa dreißig Millionen Francs schätzen; die Ringe,

Ketten, Armbänder, Clips und Ohrringe stammen alle aus den ersten Häusern an der Rue de la Paix.

Jetzt wird klar, warum wir von einer Umkehrung der Situation gesprochen haben.

Man hatte erwartet, daß Dr. Jave, dessen Frau scheinbar so bescheiden und anspruchslos war, eine verschwenderische Geliebte hatte.

Jetzt stellte sich plötzlich heraus, daß es seine Frau war, die sein Budget aus dem Gleichgewicht brachte, während seine Geliebte sich mit einem Leben im Verborgenen zufriedengab.

Wir konnten den Bruder des Opfers, Yves Le Guérec, telefonisch erreichen. Er logiert immer noch im Hôtel Scribe und machte kein Geheimnis aus dem Grund seines verlängerten Aufenthalts in Paris.

Er will die sterbliche Hülle seiner Schwester nach Concarneau überführen, um sie im Familiengrab beizusetzen.

Da Jave der Mann ist, muß er darüber entscheiden.

»Haben Sie ihn gefragt?«

»Ich habe ihn weder gesehen noch telefonisch erreichen können. Ich habe ihm geschrieben, beziehungsweise ihm durch meinen Anwalt schreiben lassen, denn ich will mit diesem Mann keine persönlichen Kontakte haben; wir haben noch keine Antwort bekommen.«

Um die Leiche bahnt sich ein Kampf zwischen Gatte und Bruder an.

Als wir ihn sprechen wollten, wußte Le Guérec noch nichts von der Entdeckung des Schmucks, und wir fragten ihn:

»War Ihre Schwester eitel?«

»Meiner Meinung nach zu wenig. Trotz ihres Vermögens lehnte sie es ab, sich bei den berühmten Couturiers einzukleiden, und nähte sich einen Teil ihrer Kleider selber.«

»Mochte sie Schmuck?«

»Sie trug so gut wie keinen. Als meine Mutter starb, wurde zwischen ihr und meiner Frau der Familienschmuck aufgeteilt. Er war nicht sehr wertvoll, es war vor allem alter Schmuck. Éveline ließ meine Frau auswählen, ohne sich um ihren Anteil zu sorgen.«

»Immerhin besaß sie Schmuck im Wert von etwa dreißig Millionen.«

»Was sagen Sie da?«

»Ich sagte im Wert von etwa dreißig Millionen.«

»Wer behauptet das?«

»Man hat ihn in Cannes gefunden.«

Le Guérec nahm am andern Ende der Leitung plötzlich einen anderen Ton an:

»Was wollen Sie damit sagen?«

»Nichts. Ich frage mich, ob Sie wußten, daß Ihre Schwester schon als junges Mädchen eine Vorliebe hatte für Diamanten, Rubine und Smaragde.«

»Ich nehme an, es wäre ihr gutes Recht gewesen.«

»Zweifellos.«

»Außerdem möchte ich Sie darauf aufmerksam machen, daß sie es sich bei ihrem Gewinnanteil an der Fabrik leisten konnte, ohne auf ihren Mann angewiesen zu sein. Es war ihr Geld, oder nicht?«

»Auf eine Art ja ...«

»In diesem Fall sehe ich nicht ein, warum man sich

darüber den Kopf zerbricht, was meine Schwester damit machte. Wenn sie es vorzog, damit Schmuck zu kaufen, war das ihre Sache.«

»Natürlich.«

Worauf Yves Le Guérec ziemlich unvermittelt aufhängte.

Gegen Mittag gingen wir in die Rue Washington, wo das Trottoir voller Fotoreporter war.

Das Haus, in dem Antoinette Chauvet eine Wohnung im vierten Stock bewohnt, ist etwas altmodisch, aber gediegen. Da der Aufzug nicht funktionierte, mußten wir zu Fuß hinaufgehen, doch klopften wir vergeblich an der Tür, die man uns gezeigt hatte.

Nebenan ging eine Tür auf. Eine schon ältere grauhaarige Frau in schwarzem Kleid sagte zu uns:

»Wenn Sie Mademoiselle Chauvet suchen, sie ist nicht zu Hause.«

»Ist sie schon länger weg?«

»Zwei Tage.«

»Sie haben sie seit zwei Tagen nicht mehr gesehen?«

»Nein. Nur ihre Mutter war zweimal hier, sie hat einen Schlüssel.«

»Sie wissen nicht, ob das junge Mädchen Gepäck bei sich hatte?«

»Ein junges Mädchen nennen Sie die? Eine, die von verheirateten Männern besucht wird?«

»Warum sagen Sie Männer? Kamen mehrere?«

»Wenn man einen hereinläßt, läßt man auch andere herein, das ist meine Meinung. Und wenn eine Mutter solchen Sachen zuschaut, so behaupte ich ...«

Wir konnten die ganze Meinung der Nachbarin

über Josépha nicht erfahren, denn die Entrüstung verschlug ihr die Stimme, und sie trat den Rückzug an, indem sie uns die Tür vor der Nase zuschlug.

Wo ist Antoinette Chauvet? Wollte sie den Journalisten und Fotoreportern aus dem Weg gehen?

Die Polizei weiß es sicher, denn sie konnte sie ja vernehmen, aber als wir Inspektor Janvier anriefen, um ihre derzeitige Adresse zu erfahren, wurde uns geantwortet, es sei im Augenblick zwecklos, sie zu belästigen.

Wie man sieht, ist es schwierig, die Lage zu überblicken. Der Fall wird nicht übersichtlicher, sondern immer komplizierter.

Es stellen sich einige Fragen, die jetzt noch nicht beantwortet werden können.

Wußte Éveline Jave vom Liebesverhältnis ihres Mannes?

Warum rief sie am Freitag abend Dr. Négrel in seiner Wohnung an (wobei gesagt werden muß, daß dieser Anruf die Aussagen der Concierge in der Rue des Saints-Pères zu bestätigen scheint; diese behauptet, mindestens zweimal beobachtet zu haben, daß die junge Frau Dr. Négrel besuchte)?

Warum flog Madame Jave, nachdem sie vorgegeben hatte, eine Freundin in Saint-Tropez zu besuchen, nach Paris?

Haben sich Éveline und Gilbert Négrel getroffen?

Wurden die Aussagen von Antoinette Chauvet und Josépha aus Gefälligkeit gemacht, und hatte Dr. Jave wirklich keine Zeit, sich vor der Abfahrt des Train

Bleu in die Wohnung am Boulevard Haussmann zu begeben?

Warum schließlich raffte Éveline Jave, die nicht eitel war und selten Schmuck trug, in einer Art krankhafter Gier solche Mengen davon zusammen?

Maigret faltete seufzend die Zeitung zusammen und rief den Kellner, um noch etwas zu bestellen. Sein Nachbar fragte:

»Ist er's?«

»Man weiß es immer noch nicht.«

»Glauben Sie mir: Die jungen Leute sind selten so eifersüchtig, daß sie einen Mord begehen. Erst Männer in Ihrem und meinem Alter geraten außer sich vor Wut.«

Der Kommissar bemühte sich, nicht zu lächeln. Der Belotespieler konnte ja nicht ahnen, daß er mit einem Mann redete, der sich dreißig Jahre lang mit allen Tragödien von Paris befaßt hatte.

Wenn er es gewußt hätte, so wäre er zwar bestimmt nicht weniger selbstsicher gewesen. Die Leute haben um so mehr Vertrauen in ihr eigenes Urteil, je weniger sie es mit Kenntnissen oder Erfahrungen untermauern können.

»Dasselbe, Garçon.«

Mit einer kindlichen Lust zu spielen schielte er zu den beiden Billardtischen hinüber. Zwar saß ihm ein kleiner Alter gegenüber, der wie ein leidenschaftlicher Billardspieler aussah, aber er las Zeitung und trank einen Milchkaffee, und Maigret wagte nicht, ihn zu stören.

Janvier machte seine Sache gut. Der Kommissar konnte sich jetzt vorstellen, wie er dahin und dorthin ging und die Nachforschungen lenkte. Sicher war man am Quai des Orfèvres oder am Boulevard Haussmann dabei, Dr. Jave erneut zu vernehmen.

Und wieviel hätte Maigret darum gegeben, dieses Verhör selbst führen zu dürfen! Er hätte auch gerne eine halbe Stunde Mademoiselle Jusserand gegenübergesessen, dem Kindermädchen, das die Männer haßte und aus freien Stücken, ohne gefragt zu werden, das Geheimnis des Schmucks verraten hatte.

Josépha war für ihn kein Problem. Er hatte schon viele von der Sorte kennengelernt, fleißige Witwen, die sich ihr ganzes Leben lang nach der herkömmlichen Moral gerichtet hatten, die aber, wenn es um ihre eigene Tochter ging, plötzlich voller Nachsicht waren.

Der kleine Lassagne hatte geschrieben, Jave sei in ihren Augen ein Halbgott. Das war verständlich. Er hatte ihre Tochter gerettet. Am Anfang hatte er sich wohl mit einer fast väterlichen Zärtlichkeit um sie bemüht.

Es überraschte ihn auch nicht, daß Jave sich in eine Frau verliebt hatte, die seiner eigenen glich. Das kam oft vor. Jeder Mann fühlt sich mehr oder weniger von einem bestimmten Typ angezogen.

Vielleicht war es sogar ein Beweis dafür, daß der Doktor in Concarneau keine Vernunftehe, sondern eine Liebesheirat eingegangen war?

Er war einem kränklichen, verschlossenen jungen Mädchen begegnet, das ein freudloses Dasein führte.

Hatte sich Éveline später anders entwickelt, als er erwartet hatte? Fand sich nicht ein Hinweis dafür in der Geschichte mit dem Schmuck, den sie wie Vorrat in einem Ameisenhaufen zusammengetragen hatte?

Durch Zufall hatte er drei Jahre später ein anderes, auch schwächliches, auch krankes junges Mädchen kennengelernt, das wie das erste vom Tod bedroht war.

War es verwunderlich, daß er wieder Feuer fing, so wie das erste Mal?

Er war mit seiner Familie nach Cannes gefahren und hatte Antoinette in Paris zurückgelassen. Seine Frau hatte ihm angekündigt, daß sie den ganzen Tag, vielleicht auch die Nacht bei einer Freundin in Saint-Tropez verbringen würde.

Hatte er das nicht ausgenutzt und war zum Flughafen geeilt, um ein paar Stunden mit Antoinette zusammenzusein? Das gab einen Sinn. Man konnte einiges dagegen einwenden, aber einiges erklärte sich auch dadurch.

Wenn es so war, hatte er überhaupt keine Veranlassung, zum Boulevard Haussmann zu gehen. Jedenfalls nicht, solange Négrel dort war, höchstens nach sechs Uhr, wenn die Luft rein war.

Was hätte er dort auch machen sollen?

Warum war er andererseits, da er ja mit dem Flugzeug gekommen war, nicht mit dem Flugzeug zurückgekehrt, das ihn am selben Abend nach Nizza gebracht hätte, so daß Éveline seine Eskapade gar nicht bemerkt hätte, mußte er doch annehmen, sie sei in Saint-Tropez?

Eine von Lassagnes Fragen hieß:

»Wußte Madame Jave von der Liebschaft ihres Mannes?«

Dabei hatte er eine andere Frage zu stellen vergessen, die ebenso naheliegend war und auf die man auch noch keine Antwort hatte:

»Wußte Dr. Jave von den Beziehungen zwischen seiner Frau und seinem Stellvertreter?«

Denn Beziehungen existierten so oder so zwischen den beiden, da Madame Jave den jungen Arzt am Freitag abend ja angerufen hatte.

An der Aussage der Concierge zweifelte niemand mehr. Éveline hatte sich also doch mindestens zweimal in die Rue des Saints-Pères begeben.

Wenn Jave wußte, daß seine Frau in Paris und nicht in Saint-Tropez war, hatte er das Flugzeug nicht verpaßt, sondern absichtlich ein anderes genommen.

Was würde Janvier jetzt tun? Maigret stellte sich die Ungeduld des aufbrausenden Richters Coméliau vor, der sicher darauf bestand, Doktor Négrel festzunehmen.

Es regnete immer noch. Immer noch wollte keiner Billard spielen. Maigret bezahlte, nickte kurz in Richtung der Belotespieler und ging hinaus, die Hände in den Taschen.

Er hatte das Gefühl, daß er an Stelle Janviers ...

Der Regen war nicht unangenehm, und er ging, ohne es recht zu merken, zu Fuß bis zur Place de la République, betrat seine Brasserie, die er jeden Morgen aufsuchte, bestellte ein kleines Bier, etwas zum Schreiben und bemühte sich wie schon einmal, Druckbuchstaben zu malen.

Seine Botschaft war so kurz wie die erste und wieder an Janvier adressiert:

AN IHRER STELLE GINGE ICH NACH CONCARNEAU!!

Schließlich hatte sich die Verwaltung ja ohnehin großzügig gezeigt und schon den Flug nach Nizza bezahlt!

6

Die Reise nach Concarneau

Maigrets anonyme Botschaft war noch nicht am Quai des Orfèvres angekommen, als sich schon jemand für die Reise nach Concarneau entschlossen hatte und sie auf auffällige Weise antrat. Vorher war etwas noch viel Wichtigeres passiert, was Maigret aber erst zusammen mit dem Publikum erfuhr.

Er war schließlich bei Regen an den Boulevard Richard-Lenoir zurückgekehrt. Als wäre er bei schlechtem Wetter in einem Strandhotel, fragte er, ohne sich in seinen Fauteuil zu setzen:

»Was machen wir?«

»Was du willst.«

Es war erst fünf Uhr nachmittags, und der Rest des Tages mußte ausgefüllt werden.

»Warum gehen wir nicht ins Kino?«

Das würde der zweite Kinobesuch in der gleichen Woche sein, was seit Jahren nicht mehr vorgekommen war. Zur Abwechslung gingen sie diesmal aber nicht in ihr bevorzugtes Kino, sondern fuhren mit der Métro in ein großes Lichtspieltheater auf den Champs-Elysées.

Nach der Wochenschau und einem Dokumentarfilm entstand eine längere Pause, und dann wurde wie bei Wahlen oder großen Katastrophen ein offensichtlich in aller Eile auf eine Glastafel geschriebener Text auf die Leinwand projiziert.

Letzte Meldung
Fall Boulevard Haussmann
Dr. Gilbert Négrel
wurde heute nachmittag in
seiner Wohnung verhaftet

In dem riesigen, nur zu einem Drittel gefüllten Saal war es beeindruckend, nach den mit Musik untermalten bewegten Bildern nichts anderes als einen stehenden Text zu sehen, der aus einer alten Laterna magica zu kommen schien. Zuschauer rutschten unbehaglich auf ihrem Sessel hin und her. Hier und da hörte man Husten, dann Flüstern.

Die Leinwand wurde wieder weiß, war aber immer noch beleuchtet, und auf die Meldung folgte ein Foto des jungen Arztes. Er war nicht allein, sondern stand in einer Gruppe von Ärzten in weißen Kitteln im Hof eines Krankenhauses. Mit einem Kreuz war der Mann bezeichnet, den Coméliau soeben unter Mordanklage hatte verhaften lassen.

Nach diesem Bild erschien das Foto von Éveline Jave, das die Zeitungen schon veröffentlicht hatten und das sie in ihrem züchtigen Badeanzug an einem Strand in der Bretagne zeigte.

In dem dunklen Saal rief jemand:

»Genug!«

Ein älterer Mann hinter Maigret murmelte:

»Ich wußte doch, daß er es war!«

Die Leinwand wurde wieder dunkel, und es war

erleichternd, die Musik des Hauptfilms zu hören, zu dem schon der Vorspann gezeigt wurde.

Maigret war nicht wie die anderen erleichtert, und obwohl er sich bemühte, sich auf den Film zu konzentrieren, der gezeigt wurde, war er in Gedanken am Quai des Orfèvres, stellte sich Négrel in seinem Büro vor, denn Janvier hatte sich ja in seinem Büro häuslich niedergelassen.

Irgendwann schob Madame Maigret ihre Hand in die seine, als ob sie verstanden hätte, und als sie mit der Menschenmenge das Kino verließen, fragte sie ihn nichts und wagte auch keine Bemerkungen zu machen.

Auf den Champs-Élysées hatte mit den aufflammenden Lichtern das Nachtleben begonnen, und wie Hunderte, Tausende überlegten sie, in welchem Restaurant sie essen sollten. Schließlich entschieden sie sich, um nicht gehen zu müssen, für ein großes Lokal, dessen Spezialität Fische und Meeresfrüchte waren. Sie saßen an einem winzigen Tisch, an dem Maigret seine Beine nicht unterbringen konnte.

Erst am nächsten Tag sollte er alles weitere erfahren, als er auf der Place de la République die Morgenzeitung aufschlug. Nach dem Regen war es windig geworden.

MAITRE CHAPUIS IN CONCARNEAU

Wie schon gestern abend im Radio gemeldet wurde, beschloß Untersuchungsrichter Coméliau gestern am frühen Nachmittag, Dr. Négrel in Untersuchungshaft zu nehmen. Inspektor Janvier begab sich in Begleitung seines Kollegen Lapointe gegen drei Uhr in die Rue des Saints-Pères.

Der Arzt war in Gesellschaft seiner Verlobten Martine Chapuis und seines zukünftigen Schwiegervaters, Maître Noël Chapuis. Alle drei schienen gefaßt und hatten diese Maßnahme offensichtlich erwartet.

Als er das Trottoir überquerte und in das Polizeiauto einstieg, blieb Dr. Négrel einen Augenblick für die Fotoreporter stehen, und wie man auf dem Bild sieht, lächelte er bitter und zuversichtlich zugleich.

Maître Chapuis begleitete ihn. Martine Chapuis, die allein zurückblieb, war den Journalisten ausgeliefert, aber sie sagte nur:

»Ich fürchte nichts. Gilbert ist unschuldig.«

Das Verhör bei der Kriminalpolizei dauerte nur vierzig Minuten; dann wurde Négrel ohne Handschellen, immer noch beherrscht und beinahe heiter, von zwei Inspektoren in eine der Zellen im Justizgebäude abgeführt.

Den Journalisten, die ihn im Gebäude der Kriminalpolizei im Korridor bestürmten, kündigte Maître Chapuis an:

»Ich bin zuversichtlicher denn je. Wenn ich meinen Klienten verteidigen will, muß ich die Wahrheit herausfinden, und ich werde sie herausfinden. Ich fahre heute abend mit dem Zug nach Concarneau.«

»Glauben Sie, die Wahrheit in Concarneau zu finden?«

Der Anwalt machte nur eine unbestimmte Handbewegung, sagte aber nicht nein.

Deshalb stiegen an der Gare Montparnasse um

sieben Uhr fünfunddreißig ein halbes Dutzend Reporter zusammen mit dem Verteidiger von Dr. Négrel in den Zug.

Der Advokat und die Journalisten reisten im gleichen Zugabteil und kamen heute morgen in dem bretonischen Hafenort an.

Vielleicht war es ein Zufall, daß Yves Le Guérec, der Bruder des Opfers, sich in einem anderen Wagen desselben Zuges befand. Er kam aber mit der ersten Gruppe überhaupt nicht zusammen.

Dr. Jave hat seine Wohnung am Boulevard Haussmann, wo sich Josépha um ihn kümmert, immer noch nicht verlassen. Das Telefon wird nicht beantwortet. Gegen sechs Uhr besuchte ihn Inspektor Lapointe, der jüngste Inspektor bei der Kriminalpolizei, und blieb etwa zwei Stunden bei ihm. Beim Verlassen des Hauses verweigerte er jeden Kommentar.

Nach einer Meldung, die wir nicht nachprüfen konnten, befindet sich Antoinette Chauvet in einem Hotel, dessen Adresse nur der Polizei und sicher auch ihrer Mutter und Dr. Jave bekannt ist.

Maigret war nervös und hätte beinahe mit dem Quai des Orfèvres telefoniert. Allmählich fand er es unerträglich, den Zuschauer spielen zu müssen. Er spürte, daß der Gang der Ereignisse sich endlich beschleunigte, daß die Wahrheit nicht mehr fern war, und er verging vor Ungeduld in der Erwartung neuer Meldungen.

Die beiden Fotos gestern abend im Kino hatten ihn

beeindruckt, als ob es sich um eine unanständige Zurschaustellung gehandelt hätte.

Er aß mit Madame Maigret in einem Restaurant des Viertels zu Mittag, das sich nahe der Bastille befindet. Die Stammkunden waren fast alle in den Ferien, und die Touristen kannten es nicht; so war der Saal zu drei Vierteln leer.

Der Wirt kam, um ihm die Hand zu schütteln.

»Ich dachte, Sie haben Urlaub, Kommissar.«

»Hab ich auch.«

»In Paris?«

»Pst!«

»Sind Sie wegen des Falles Boulevard Haussmann zurückgekommen?«

Er hätte sich nicht an einem Ort zeigen sollen, wo man ihn kannte.

»Wir sind auf der Durchreise, meine Frau und ich. Wir fahren gleich weiter.«

»Was meinen Sie? Ist es der junge Arzt?«

»Ich weiß es nicht.«

Das hing von so vielen Dingen ab, von denen er nicht die geringste Ahnung hatte! Besaß Janvier Informationen, die er der Presse nicht mitgeteilt hatte? Es war möglich, und gerade das ärgerte den Kommissar. Auf der einen Seite konnte er nicht anders, als sich mit dem Problem befassen, auf der anderen Seite hatte er nicht alle Karten in der Hand.

Als sie sich etwas später auf eine Kaffeeterrasse der Place de la Bastille begaben, ohne sich die Mühe zu nehmen, das Stadtviertel zu wechseln, bemerkte Madame Maigret:

»Ich frage mich, wie sie es in London und in New York machen.«

»Was meinst du?«

»Dort soll es keine Kaffeeterrassen geben.«

Tatsächlich hatten sie einen großen Teil der Woche auf Kaffeeterrassen verbracht. Der Kommissar wartete auf die neuen Zeitungen. Zwei noch junge Mädchen gingen vor dem Eingang eines Logierhauses auf und ab.

»Siehst du, es gibt noch welche.«

Und sie sagte nichts, als ihr Mann erwiderte:

»Hoffentlich!«

Ein Junge erschien mit einem Stapel Zeitungen auf dem Arm, und Maigret hielt das Geld schon abgezählt bereit.

Mit einer schon automatisch gewordenen Bewegung gab er das eine der Blätter seiner Frau und schlug das andere, in dem Lassagne schrieb, auf.

AUFREGUNG IN CONCARNEAU
Für oder gegen Éveline Jave?
Die Scheidung des Zahnarztes

Lassagne berichtete zuerst mit fast dem gleichen Wortlaut wie die Morgenausgaben von der Festnahme Gilbert Négrels, fügte nur ein Detail hinzu: Der Arzt hatte einen Koffer mitgenommen, der schon vor dem Eintreffen der Polizeibeamten bereit gewesen zu sein schien. Auf der Treppe hatte Martine Chapuis darauf bestanden, diesen Koffer zu tragen.

Maître Chapuis hatte seine Reise nach Concarneau wohl absichtlich an die große Glocke gehängt mit dem

Hintergedanken, daß die Presse ihn dann begleiten würde.

War das ein Ablenkungsmanöver? Verfolgte er tatsächlich eine eigene Idee? Oder hatte sein zukünftiger Schwiegersohn ihm dies eingeflüstert?

Jedenfalls hatte die kleine Truppe in der Bretagne das Hôtel de l'Amiral am Quai Carnot besetzt, das Maigret kannte, weil er dort einmal eine Ermittlung geführt hatte, die einiges Aufsehen erregt hatte.

Wie es seine Art war, schilderte Lassagne zuerst in großen Zügen die Stadt, den Hafen, die Befestigungen der Altstadt.

Vor zwei Tagen schien hier offenbar noch die Sonne, heute empfing uns ein Nordweststurm. Der Himmel hängt tief und ist dunkel. Die Wolken fegen dicht über die Dächer, und das Meer ist aufgewühlt, sogar im Hafen schlagen die Thunfischboote gegeneinander.

Auch in bezug auf den Fall Boulevard Haussmann herrscht hier ein ganz anderes Klima als in Paris. Man spürt eine schwelende Erregung und daß die Bevölkerung schon in zwei Lager gespalten ist.

Wir meinen damit nicht, daß sie für oder gegen Dr. Jave, für oder gegen Dr. Négrel Partei ergriffen hat, sondern für oder gegen Éveline Jave, vielleicht sogar für oder gegen die Le Guérecs.

Am Bahnhof ereignete sich ein bezeichnender Zwischenfall. Als wir in Begleitung von Maître Chapuis aus dem Zug stiegen, schien Yves Le Guérec, der aus einem anderen Wagen kam, auf unsere Gruppe zu warten. Er erwartete uns tatsächlich und war nicht mehr ganz der Mann, dem wir im Hôtel Scribe in Paris begegnet waren.

Mit härterer, schneidender Stimme sprach er uns plötzlich mitten im Strom der Reisenden an:

»Meine Herren! Ich weiß nicht, was Sie hier suchen, aber ich mache Sie darauf aufmerksam, daß ich jeden, der es wagt, meine Schwester oder meine Familie zu verleumden, wegen übler Nachrede verklagen werde.«

Wir müssen zugeben, daß wir das erste Mal in unserer beruflichen Laufbahn eine solche Drohung zu hören bekamen, was uns selbstverständlich nicht hindern wird, unseren Pflichten nachzukommen.

Nachdem wir uns zwei Stunden lang in der Stadt umgesehen hatten, verstanden wir die aggressive Haltung Yves Le Guérecs schon eher.

Die Le Guérecs gehören zum Clan der Großbürger, Fabrikanten und Reeder, die einen kleinen, geschlossenen Kreis bilden und wenig Kontakt mit der übrigen Bevölkerung pflegen.

Wir haben das frühere Wohnhaus der Le Guérecs am Boulevard Bougainville am Meer gesehen und glauben, vieles begriffen zu haben. Es ist ein riesiges Gebäude im neugotischen Stil, mit einem Turm und Fenstern, die an ein Kloster oder an eine Kirche erinnern. Die Fassade wirkt düster. Die Sonne dringt wohl nur selten in diese Zimmer mit den Balkendecken.

Hier hat die spätere Madame Jave ihre Kindheit und ihre Jugendzeit verbracht. Denn die Le Guérecs bewohnten dieses Haus bis zum Tod des Vaters; dann ließ Yves für sich am Ende der Plage des Sables Blancs eine moderne Villa erbauen.

Wir sahen auch die Fabrik, die man schon aus einer Entfernung von über zweihundert Metern an ihrem Geruch erkennt und wo in der Saison dreihundert Frauen im Alter zwischen vierzehn und zweiundachtzig Jahren arbeiten.

Warum ist in dieser Stadt der Gegensatz zwischen den Fabrikbesitzern und den einfachen Leuten größer als anderswo? Entsteht dieser Eindruck durch den trüben Himmel, den Wind und die Regenböen?

Natürlich wird Éveline Jave von allen bedauert, und niemand freut sich über ihren Tod. Aber man hört zum Beispiel auch:

»Das mußte ja eines Tages so weit kommen!«

Es war nicht immer leicht, mehr herauszubekommen. Die Leute sind gegenüber Fremden und um so mehr gegenüber Journalisten sehr mißtrauisch. Überdies sind die meisten für ihren Broterwerb auf die Le Guérecs oder auf andere Fabrikanten oder Reeder angewiesen, die sich mit den Le Guérecs solidarisieren.

Aber eine kleine Alte mit einem schwarzen Schal über der Brust sagte in einem Lebensmittelgeschäft zu uns, obwohl die Ladenbesitzerin sie mit Blicken zum Schweigen bringen wollte:

»Dieser arme Doktor konnte ja nicht wissen, was er da heiratete. Er kam aus Paris, machte hier Urlaub. Er glaubte, was man ihm erzählte. Wenn er sich nur die Mühe genommen hätte, sich zu erkundigen, so hätte er einiges über das Fräulein erfahren, vor allem die

Geschichte mit Monsieur Lemaire, dem Zahnarzt, der ein so netter Kerl war.«

Trotz der Drohung Yves Le Guérecs müssen wir diese Geschichte erzählen, die uns im übrigen von einer gutinformierten Person, deren Namen wir nicht nennen möchten, bestätigt wurde.

Éveline war damals sechzehn Jahre alt, und nach den zirkulierenden Gerüchten war es nicht ihr erstes Abenteuer. Sie war bei einem gewissen Dr. Alain Lemaire, einem Zahnarzt, in Behandlung, der gegenüber der Post eine Praxis hatte, damals seit fünf Jahren verheiratet und Vater von zwei Kindern war.

»Sie ging doch nicht wegen ihrer Zähne einen ganzen Winter lang jeden Tag zu ihm«, sagte die Alte, »um draußen zu warten, bis die Sprechstunde zu Ende war. Ich habe sie selbst gesehen, wie sie an eine Hauswand gedrückt die beleuchteten Fenster im ersten Stock beobachtete. Ein anderes Mal sah ich beide im Auto von Dr. Lemaire vorbeifahren, und sie war so eng an ihn geschmiegt, daß ich mich wunderte, wie er den Wagen steuern konnte.

Madame Lemaire überraschte die beiden in einer eindeutigen Situation. Sie ist eine stolze Frau. Zuerst ohrfeigte sie das Mädchen und warf es zur Wohnung hinaus, dann hörte man von dort mindestens eine Stunde lang einen lärmenden Streit.

Sie reiste mit den Kindern ab, und ein paar Wochen später verlangte sie von ihrem Elternhaus in Rennes aus die Scheidung.

Ganz Concarneau weiß davon, sehr zum Ärger der Le Guérecs. Für ein halbes Jahr steckten sie ihre

Tochter in ein Kloster, wo weiß ich nicht, aber schließlich setzte sie es durch, daß sie wieder zurückkommen durfte.

Der arme Zahnarzt hingegen mußte wegziehen, weil man ihn der Verführung Minderjähriger beschuldigte.

Und er war nicht der einzige. Ich könnte Ihnen noch andere verheiratete Männer nennen, sehr feine Leute, sehr seriöse Leute, denen sie nachlief. Sie konnte nicht anders.

Sie versuchten, sie zu verheiraten, aber keiner von hier wollte sie zur Frau. Eine Zeitlang verkehrte ein junger Notar aus Rennes in ihrem Elternhaus und kam dann, nachdem man ihn aufgeklärt hatte, nie wieder.

Können Sie sich vorstellen, was das für ein Glück war, als ein Arzt aus Paris in sie vernarrt war?«

Madame Maigret neben ihm las wohl dasselbe in anderen Worten, denn sie war schockiert.

»Glaubst du das?«

Er zog es vor, nichts zu erwidern, denn er wußte, daß seine Frau gewissen Tatsachen nicht ins Auge sehen wollte. Selbst nach dem langjährigen Zusammenleben mit ihm hielt sie immer noch am Weltbild ihrer Kindheit fest. Besser gesagt, sie klammerte sich daran, ohne wirklich daran zu glauben.

»Mit sechzehn Jahren!« seufzte sie.

»Scheinbar fing sie sogar schon früher an.«

»Du hast doch ihr Foto gesehen.«

Lassagne schrieb weiter:

Dr. Lemaire, der einzige, der diese Geschichte bestätigen könnte, hat sich in Marokko niedergelassen, und seine Frau verheiratete sich dem Vernehmen nach wieder und soll in Südfrankreich leben.

Wir fahndeten nach Jugendfreundinnen von Éveline und fanden drei Schulkameradinnen, von denen heute zwei verheiratet sind und Kinder haben. Die dritte, die bei einem mit Le Guérec befreundeten Reeder Büroangestellte ist, sagte kurz und bündig:

»Das stimmt alles nicht. Und außerdem geht das niemand etwas an.«

Als wir eine der beiden anderen befragen wollten, war ihr Mann dabei und ließ sie nicht antworten:

»Mische dich da nicht ein. Du weißt, du tust dir damit keinen Gefallen. Außerdem ist es nicht Sache der Journalisten, sondern der Polizei, Ermittlungen anzustellen.«

Seine Frau schwieg, offenbar nur widerstrebend, denn sie schien einiges auf dem Herzen zu haben.

Nur eine einzige gab uns schließlich freimütig Auskunft, wobei sie sich nicht von ihrer Hausarbeit abhalten ließ:

»In der Schule und später im Gymnasium wußten alle, daß Éveline krank war und jeden Augenblick sterben konnte. Sie hatte es uns selbst gesagt, und wir wurden ermahnt, sie zu schonen. Sie pflegte zu sagen:

»Ich muß das Leben genießen, denn ich weiß ja nicht einmal, ob ich zwanzig werde.«

Unsere Spiele interessierten sie nicht. In den Pausen träumte sie in einer Ecke allein vor sich hin. Eines

Tages – sie war vielleicht vierzehn – sagte sie voller Überzeugung zu mir:

»Ich bin verliebt.«

Sie nannte den Namen eines in der Stadt sehr bekannten Mannes, eines Mannes um die vierzig, den wir beim Verlassen des Gymnasiums fast jeden Abend trafen.

»Er beachtet mich nur nicht, weil er mich für ein kleines Mädchen hält, aber ich werde ihn kriegen.«

Sie hatte die Gewohnheit angenommen, das Schulhaus als letzte zu verlassen, um allein auf der Straße zu sein. Soviel ich mich erinnern kann, war es im Dezember, und es wurde früh dunkel. Etwa einen Monat später erklärte sie mir:

»Es hat geklappt.«

»Was?«

»Was ich dir gesagt habe.«

»Du hast ...?«

»Noch nicht ganz, aber beinahe. Ich bin zu ihm gegangen.«

Er war ein Junggeselle, der für seine galanten Abenteuer bekannt war und es immer noch ist. Ich glaubte Éveline nicht und gab ihr das auch zu verstehen.

»Gut. Du brauchst mir morgen nur nachzugehen.«

Das tat ich denn auch. Er erwartete sie an einer Straßenecke, und sie gingen beide bis zu einem Haus, das sie betraten; ich sah, wie dort das Licht angezündet und die Vorhänge zugezogen wurden. »Habe ich dich angelogen?« fragte sie mich am nächsten Tag.

»Nein.«

»Es wird keine Woche mehr dauern, bis ich eine richtige Frau bin.«

Sie sprach nicht mehr darüber, aber einen Monat später sah ich sie eines Abends aus dem gleichen Haus kommen.

Ich weiß, daß danach noch andere kamen. Aber sie wurde verschwiegener. Es war nicht ihre Schuld. Sie war ja krank, nicht wahr?

Gemäß Lassagne gab es noch das andere Lager, das Éveline in Schutz nahm, und man brachte sogar politische Fragen mit diesem Fall in Zusammenhang.

Durch die Ankunft von Maître Chapuis erreichte die Erregung ihren Siedepunkt; kaum hatte er sich in seinem Hotelzimmer einquartiert, begann auch schon das Telefon zu klingeln, und ununterbrochen erhielt er anonyme oder nicht anonyme Hinweise.

Wenn die Informationen, die wir gesammelt haben, wenn die Gerüchte, die wir trotz Le Guérecs Drohungen publiziert haben, bestätigt werden, so wird dies sicher ein ganz neues Licht auf den Fall Boulevard Haussmann werfen.

Was Maigret interessiert hätte, wäre die Beantwortung von zwei Fragen gewesen:

Hatte Éveline vom Liebesverhältnis ihres Mannes mit Joséphas Tochter gewußt?

Hatte Philippe Jave von den Beziehungen seiner Frau zu Dr. Négrel gewußt?

Hatte Janvier in seinem Büro am Quai des Orfèvres die Antwort darauf bekommen?

Maigret fiel eine weitere Frage ein, die er sich am ersten Tag schon gestellt hatte:

Warum war Éveline Jave nackt gewesen, als man sie im Wandschrank fand, und warum waren ihre Kleider verschwunden?

Es war eine Handlung mit drei Personen wie in einem Vaudeville, nur war hier eine Person umgekommen, und ein Mann würde seinen Kopf oder zumindest seine Freiheit verlieren.

»Findest du es nötig, daß man das alles erzählt?«

Entweder durfte man überhaupt nichts sagen, oder man mußte alles sagen.

»Wenn das stimmt, was in der Zeitung steht, dann war sie ein unglückliches Geschöpf und ist eher zu bedauern als zu tadeln.«

Er hatte im voraus gewußt, daß seine Frau so reagieren würde. Nach einigem Stillschweigen fuhr sie fort:

»Das ist kein Grund, einen Menschen umzubringen, noch dazu auf so feige Art.«

Natürlich hatte sie nicht unrecht. Aber wer hatte sie umgebracht? Und warum? Ihn interssierte vor allem das Warum.

Nur wenn man Éveline besser kennen würde, könnte man die Motive ihres Mörders verstehen.

In den letzten Jahren, zumindest in den letzten zwei Jahren, hatte sie sozusagen zwischen zwei Männern – zwischen ihrem Ehemann und Dr. Négrel – gestanden.

Während man annehmen konnte, daß jeder von ihnen sie zu einem gewissen Zeitpunkt geliebt hatte, so hatte an dem Samstag, an dem sie gestorben war, keiner der beiden sie mehr geliebt.

Philippe Jave hatte sich aus Gründen, die Maigret nicht kannte, aber zu erraten glaubte, allmählich von ihr gelöst und hatte sich in Antoinette Chauvet verliebt.

Gilbert Négrel aber hatte sich mit einem jungen Mädchen verlobt, das für ihn die ideale Gefährtin zu sein schien.

Wußte Éveline es? Hatte er mit ihr über eine Auflösung ihres Verhältnisses gesprochen?

Und um was für ein Verhältnis hatte es sich eigentlich gehandelt?

Nach den Berichten aus Concarneau konnte man sich nun eine Vorstellung davon machen. Éveline wartete nicht, bis ein Mann ihr den Hof machte, sondern ergriff die Initiative selbst.

»Ich werde ihn kriegen!« hatte sie, ein Mädchen noch, ihrer Freundin erklärt und dabei von einem Vierzigjährigen gesprochen.

Sie hatte ihn gekriegt!

Als Négrel begonnen hatte, am Boulevard Haussmann ein und aus zu gehen, hatte sie sich da nicht auch geschworen:

»Ich werde ihn kriegen!«

Da ihr Mann damals schon in Antoinette verliebt war, hatte er sie sicher vernachlässigt. Er hatte hie und da abends seine Kranken besucht, während Éveline allein mit Négrel zusammen gewesen war.

Négrel hatte damals die Tochter von Maître Chapuis noch nicht kennengelernt. Strebsam und fleißig wie er war, kannte er kaum etwas anderes als flüchtige Liebesabenteuer.

Alles das war einleuchtend. Er wußte nichts von der Vergangenheit der jungen Frau, die so sittsam wirkte und dem Leben wehrlos gegenüberzustehen schien.

Es lag etwas Ironisches und Tragisches zugleich in dieser Situation.

Éveline mit ihrem unersättlichen Verlangen, intensiv zu leben, rasch zu leben, das Dasein bis zum letzten auszukosten, Éveline blieb allein zwischen zwei Männern, und beide liebten eine andere.

Ihr Mann hatte Antoinette, die ihr ähnlich sah!

Négrel hatte Martine Chapuis, die ebenso entschlossen war, ihn zu heiraten, wie Éveline damals in Concarneau entschlossen gewesen war, den Vierzigjährigen zu kriegen.

Es war ihr nichts mehr geblieben außer ihrem Schmuck, denn ihr Kind schien ihr nicht viel bedeutet zu haben und wurde vor allem vom Kindermädchen betreut.

Diese Ansammlung von Schmuck, den sie nicht getragen hatte, warf ebenfalls ein eigenartiges Licht auf ihre Persönlichkeit.

Hatte sie die Schmuckstücke aus Geiz auf diese Art zusammengerafft, so wie gewisse Frauen, die sich sagen, sie könnten sich auf dieses Kapital verlassen, komme was da wolle?

Maigret hatte keine der Personen dieser Handlung in Fleisch und Blut gesehen. Er hatte sie nur über die

Zeitungen kennengelernt. Trotzdem hatte er das Gefühl, sich nicht zu täuschen in der Annahme, der Schmuck stelle eine Art Rache dar.

Wenn er am Quai des Orfèvres hätte anrufen können, so hätte er Janvier gefragt:

»Wann hat sie damit angefangen, sich Schmuck zu kaufen oder schenken zu lassen?«

Er hätte schwören können, daß dies mit den Anfängen der Romanze zwischen Dr. Jave und Antoinette zusammengefallen war, jedenfalls mit dem Augenblick, in dem Éveline gemerkt hatte, daß sie nicht mehr geliebt wurde.

Sie blieb trotz allem eine Le Guérec. Es war *ihr* Geld, das Geld der Le Guérecs, mit dem ihr Mann sich am Boulevard Haussmann eingerichtet hatte und ein Arzt der besten Gesellschaft geworden war.

Hatte sie ihn nicht gekauft? Stellten die Einkünfte aus dem Kapital der Le Guérecs nicht immer noch die größte Einnahmequelle ihres gemeinsamen Haushaltes dar?

Er liebte sie nicht mehr. Er hatte eine Geliebte. Er bezahlte die Miete für die Wohnung in der Rue Washington. Er unterhielt Joséphas Tochter, die nicht mehr arbeitete.

War es in ihrer Vorstellung nicht immer noch das Geld der Le Guérecs?

Also gab auch sie Geld aus. Und um schneller und mehr Geld auszugeben, kaufte sie sich selber Schmuck oder wünschte sich ihn von ihrem Mann.

Das konnte Janvier feststellen, indem er die Bankkonten prüfte. Er konnte auch erfahren, ob der Anteil der Gewinne aus der Fabrik, der Éveline zustand, ihr direkt oder ihrem Mann überwiesen wurde.

Die Freunde vom Boulevard Haussmann hatten nichts davon gewußt. Die Patienten des Arztes ebenfalls nicht. Er befand sich in einer prekären Situation.

Hatte er angesichts der Ansprüche seiner Frau das Recht zu sagen:

»Nein!«

Er liebte Antoinette, er suchte bei ihr Trost für seine gescheiterte Ehe. War es ihm nicht lieber, zu bezahlen und dafür in Ruhe gelassen zu werden?

Négrels Lage war nicht beneidenswerter: Er hatte Évelines Annäherungsversuche nicht abgewiesen. Sie rührte ihn. Er war ihr Liebhaber geworden.

Was hatte er seinerseits entdeckt, daß er sich von ihr distanzierte?

Er war Martine begegnet und hatte mit ihr eine gemeinsame Zukunft geplant.

Soweit man beurteilen konnte, ließ ihn Éveline aber nicht frei. Sie ging ihm bis in die Rue des Saints-Péres nach. Sie rief ihn von Cannes aus an. Sie eilte Hals über Kopf zum Flugplatz, damit sie ihn am Samstag sehen konnte.

Was wollte sie, was verlangte sie von ihm?

Sie wurde zu einer bedauernswerten Gestalt, wie sie hinter einem unmöglichen Glück herrannte. Nach der Scheidung hatte der Zahnarzt die Stadt verlassen, ohne sich weiter mit ihr abzugeben. Auch die anderen hatten von dem Vergnügen profitiert, das sie ihnen verschaffte, dann hatten sie es eilig, die Sache zu beenden.

Das erinnerte an jemanden, der, in einen reißenden Fluß gefallen, sich umsonst an morsche Trümmer klammert.

Die Liebe mied sie. Das Glück mied sie. Eigensinnig und verfolgt von dem Gedanken an den Tod wollte sie beides dennoch erzwingen.

Es hatte schließlich mit einem zusammengekrümmten Körper in einem Wandschrank geendet.

Nach dem Befund des Gerichtsarztes wurde sie zuerst geschlagen oder aber gegen ein Möbelstück oder gegen eine Wandkante geworfen. Die Quetschungen ließen auf eine heftige Szene schließen. Eine Eifersuchtsszene?

Philippe Jave hatte seit gestern ein Alibi, aber dieses Alibi war zweifelhaft, denn es stammte von Antoinette und Josépha.

Négrel dagegen hatte den Nachmittag am Boulevard Haussmann zugebracht, und Josépha hatte sich die meiste Zeit des Tages in der Wohnung gegenüber aufgehalten.

War Éveline vor oder nach ihrem Tod ausgezogen worden?

Wenn es vorher geschehen war, mußte man annehmen, daß Négrel nachgegeben hatte und beide in das Schlafzimmer hinter dem Sprechzimmer gegangen waren. War es dann zu einem Streit gekommen? Hatte Éveline gedroht, die Heirat ihres Liebhabers zu verhindern? Hatte er zugeschlagen und ihr dann in seiner Erregung eine Spritze gegeben?

Hatte er in diesem Fall die Ampulle verwechselt, oder hatte er ganz bewußt das Medikament genommen, das zu ihrem Tod führen mußte? Beide Versionen waren möglich. Beide waren erklärlich. Auch daß er die Leiche im Wandschrank versteckte, dann im Zimmer aufräumte und im letzten Moment, als er die Kleider auf dem Boden oder auf einem Möbelstück sah, diese mitnahm und vernichtete.

Schwieriger war es, sich Jave vorzustellen, wie er aus Cannes kam, zuerst seine Geliebte aufsuchte und dann zu seiner Frau an den Boulevard Haussmann ging und sie auszog, um mit ihr zu schlafen.

Wenn *er* sie getötet hatte, dann unter anderen Voraussetzungen. Aber unter welchen?

Sollte man dahinter eine zynische, beinahe wissenschaftlich exakte Intrige vermuten? Zum Beispiel die, daß Jave, der Éveline seit einiger Zeit loshaben wollte, um in den Besitz von Freiheit und Vermögen zu kommen, dieser nach Paris nachfuhr, in der Rue Washington vorbeiging, um sich ein Alibi zu verschaffen, und am Boulevard Haussmann auftauchte, nachdem sein Vertreter gegangen war, und dann sein Vorhaben ausführte?

Eines stand fest, außer die Zeitungen hatten nicht die ganze Wahrheit über die Schlüssel geschrieben. Nach ihnen gab es nur vier Wohnungsschlüssel, die auf beide Türen paßten, welche auf den Treppenflur hinausgingen. Josépha hatte einen, Jave den zweiten, die Concierge den dritten, und der Schlüssel von Madame Jave wurde für die Dauer seiner Praxisvertretung Dr. Négrel gegeben.

Wenn die Concierge nicht aus einem schwerverständlichen Grund gelogen hatte, hatte also jemand Éveline die Tür aufgemacht.

Josépha behauptete, sie sei es nicht gewesen.

Jave behauptete, nicht am Boulevard Haussmann gewesen zu sein.

Négrel schwor, die junge Frau nicht gesehen zu haben.

Négrel hatte zwar schon zwei Lügen auf seinem Konto, doch konnten beide einem gewissen männlichen Taktgefühl zugeschrieben werden.

Zunächst hatte er geleugnet, Beziehungen zu Madame Jave gehabt zu haben.

Dann hatte er geleugnet, daß diese je in seiner Wohnung in der Rue des Saints-Péres war.

»Soll er zusehen, wie er damit fertig wird!« brummte Maigret plötzlich und gab dem Kellner Zeichen, noch ein kleines Bier zu bringen.

»Redest du von Janvier?«

Er dachte tatsächlich an Janvier. Es ärgerte ihn, daß er im Dunkeln tappte, und wußte, daß sie am Quai Fakten in der Hand hatten, die ihm Klarheit verschaffen würden.

»Glaubst du, er packt es nicht richtig an?«

»Im Gegenteil, er macht seine Sache bewundernswert gut. Es ist nicht seine Schuld, wenn Coméliau Négrel um jeden Preis festnehmen wollte.«

»Ist er unschuldig?«

»Ich weiß es nicht. Jedenfalls ist es ein Fehler, ihn festzunehmen, bevor man nicht mehr weiß. Vor allem jetzt, wo Noël Chapuis anfängt, sein Spiel zu spielen.

Es hat schließlich etwas zu bedeuten, daß er nach Concarneau gefahren ist.«

»Was erhofft er sich?«

»Er will beweisen, daß Jave gute Gründe hatte, seine Frau loszuwerden.«

»Stimmt das nicht?«

»Doch. Für seinen Klienten ebenso.«

»Bist du sicher, daß du nicht doch in deinem Büro vorbeigehen willst?«

»Absolut. Um so mehr als Janvier sich dort häuslich niedergelassen hat. Ich bin auch froh, daß er nur Zigaretten raucht, denn sonst bedient er sich vielleicht noch meiner Pfeifen.«

Diese Bemerkung erleichterte ihn, und er machte sich über sich selbst lustig. »Hab keine Angst. Ich bin nicht eifersüchtig auf den guten Janvier. Es macht mir nur etwas zu schaffen. Gehen wir!«

»Wohin?«

»Irgendwohin. An die Quais, wenn du möchtest, auf die Seite des Bercy.«

Und Madame Maigret, die an ihre Füße und die langen Quais dachte, unterdrückte einen Seufzer.

7

Die kleine Bar am Quai de Charenton

Endlich hatte sich Maigret auf eine Bank gesetzt und blieb beinahe eine halbe Stunde sitzen, ohne aufstehen zu wollen. Seine Frau neben ihm konnte sich gar nicht genug wundern, wie ruhig er war, und schaute ihn von Zeit zu Zeit erstaunt an, weil sie darauf wartete, daß er aufstand und sagte:

»Komm!«

Sie saßen am Quai de Bercy, wo es an jenem Nachmittag im Schatten der Bäume so angenehm und still war wie auf einer Kleinstadtpromenade. Die Bank stand, Gott weiß warum, mit dem Rücken zur Seine, und die Maigrets hatten eine merkwürdig aussehende Stadt vor sich, die sorgfältig gepflegt und eingezäunt war. Die Häuser waren keine Wohnhäuser, sondern Weinkeller, deren Namen einem von den Flaschenetiketten her bekannt waren oder, in größerer Schrift, von den Schildern auf den Giebeln von Höfen entlang der Landstraßen.

Es gab Straßen, Kreuzungen, Plätze und Hauptstraßen wie in einer richtigen Stadt, auf denen aber keine Autos fuhren, sondern Fässer in allen Größen herumstanden.

»Weißt du, wie wir im Polizeijargon einen Betrunkenen nennen, der auf der Straße aufgelesen wird?«

»Du hast es mir schon einmal gesagt, aber ich habe es vergessen.«

»Einen Bercy. Wenn man zum Beispiel einen Polizisten fragt, ob die Nacht in seinem Revier ruhig verlaufen oder ob etwas los gewesen sei, antwortet er:

›Nichts Besonderes, drei Bercys.‹«

Er schaute plötzlich seine Frau mit einem leichten Lächeln an.

»Findest du nicht, daß ich ein Idiot bin?«

Sie tat so, als ob sie ihn nicht verstanden hätte. Trotzdem war er überzeugt, daß sie wußte, worauf er anspielte. Sie machte wirklich ein ahnungsloses Gesicht, als sie ihn fragte:

»Warum?«

»Ich habe Urlaub. Pardon erlaubte mir schließlich, in Paris zu bleiben, aber nur unter der Bedingung, daß ich nichts tue und mich erhole. Dies eine Mal können die Leute einander umbringen, und es geht mich nichts an.«

»Und du machst dir Gedanken wegen dieser Geschichte«, sagte sie an seiner Stelle.

»Ich mache mir nicht zu viele Gedanken. Ich will dir sogar etwas gestehen: Es gibt Augenblicke, wo es mir Spaß macht, den Amateurdetektiv zu spielen. Hast du auf dem Jahrmarkt schon Soldaten gesehen, die mit kleinen Karabinern auf lächerliche Schießbudenfiguren schießen? Manchmal haben sie sicher am gleichen Tag geschimpft, weil sie im Manöver mit richtigen Gewehren schießen müssen. Verstehst du, was ich meine?«

Selten redete er so viel über das, was er auf dem Herzen hatte, und es bewies, daß er entspannt war.

»Am Anfang hat mich die Geschichte verfolgt. Sie interessiert mich immer noch. Leider kommt dann der Augenblick, wo ich nicht anders kann und mich in die Leute hineinversetze.«

Sie dachte natürlich an Jave und Négrel und fragte:

»In wen?«

Und er lachte, als er antwortete:

»Vielleicht in das Opfer. Soll Janvier damit fertig werden, und denken wir nicht mehr daran.«

Eine ganze Weile hielt er sein Versprechen. Als er aufstand, gingen er und Madame Maigret nicht zum Boulevard Richard-Lenoir, sondern in Richtung Quai de Charenton, wo Paris unvermittelt wie eine Vorstadt wirkt. Er hatte die langen Entladequais, die mit Tonnen und allem möglichen Material vollstanden, und die grauen Bauten zwischen den neuen Gebäuden, die an das alte Paris erinnerten, schon immer gemocht.

»Ich frage mich, warum wir nie auf die Idee gekommen sind, eine Wohnung an den Quais zu suchen.«

Er hätte dann von seinem Fenster aus die friedlich nebeneinanderliegenden Schleppkähne, die Seemannsfrauen und die Kinder mit ihren flachsfarbenen Haaren sehen können und die Wäsche, die auf den gespannten Leinen trocknete.

»Siehst du das Gebäude, das gerade abgerissen wird? Dort wohnte ein junger Mann, der mich eines Tages mit seiner Mutter in meinem Büro aufgesucht und mir eine meiner Pfeifen gestohlen hat.«

Es gab wenig Stellen in Paris, die ihn nicht an eine mehr oder weniger schwierige Ermittlung erinnerten, die mehr oder weniger Aufsehen erregt hatte. Madame Maigret kannte sie vom Hörensagen. Sie fragte:

»Hast du nicht auch hier drei Tage und drei Nächte in irgendeinem Restaurant gesessen, als man einen Unbekannten ermordet auf der Place de la Concorde gefunden hat?«

»Ein bißchen weiter weg. Das Restaurant ist zu einer Tankstelle umgebaut worden. Es stand da, wo du jetzt die beiden Zapfsäulen siehst.«

Ein andermal hatte er die Quais abgelaufen, von der Schleuse in Charenton bis zur Ile Saint-Louis, als er dem Besitzer eines Schleppers auf den Fersen war, den er schließlich ins Gefängnis brachte.

»Hast du nicht auch Durst?«

Madame Maigret hatte nie Durst, aber sie trank immer etwas mit.

»In dieser Bar habe ich auch Stunden zugebracht, um jemandem aufzulauern.«

Sie gingen hinein. Es gab keine Kaffeeterrasse, drinnen saß niemand außer einer schlanken blonden Frau, die hinter der Theke nähte und Radio hörte.

Er bestellte für sich einen Aperitif, für seine Frau einen Fruchtsaft, und sie setzten sich an einen Tisch, während die Frau sie stirnrunzelnd beobachtete.

Sie war nicht sicher, ob er es war. Er war drei Jahre nicht mehr in dieser Bar gewesen. An den gelbgestrichenen Wänden hingen Reklamen wie in den Cafés und den Gasthäusern auf dem Land, und aus der Küche duftete es nach Ragout. Um das Bild abzurunden, schnurrte eine Katze mit rötlichem Fell auf einem Strohstuhl.

»Normales Wasser oder Vichy?«

»Vichy.«

Sie schien weiterhin nachzudenken, so als ob sie den Namen von jemandem suche. Als sie ihnen die Getränke gebracht hatte, schaute sie in eine Zeitung, die auf der Theke lag, zögerte, nahm sie und kam etwas verlegen auf den Kommissar zu.

»Das sind doch Sie?« fragte sie dann.

Sie zeigte auf eine Überschrift: »Letzte Meldungen«. Maigret hatte dieselbe Zeitung in der Tasche, doch war die ihre die neueste Ausgabe.

HAT MAN SICH AN MAIGRET GEWANDT?

Jetzt war es an ihm, die Stirn zu runzeln, während ihm seine Frau über die Schulter schaute, um mitlesen zu können.

Wir haben unseren Korrespondenten in Sables d'Olonne gebeten, in das Hôtel des Roches-Noires zu gehen. Maigret macht in dieser Stadt vermutlich Urlaub. Wir hätten unseren Lesern gern die Meinung des berühmten Kommissars zu einem der verwirrendsten Fälle der letzten zehn Jahre mitgeteilt.

Der Besitzer des Roches-Noires zeigte sich sehr verlegen.

»Der Kommissar ist ausgegangen«, hat er zuerst gesagt.

»Wann kommt er zurück?«

»Er kommt heute vielleicht nicht mehr zurück.«

»Ist seine Frau im Hotel?«

»Sie ist auch ausgegangen.«

»Wann?«

Kurz, nach langem Hin und Her gab der Besitzer schließlich zu, daß Maigret seit mindestens vierundzwanzig Stunden nicht mehr auf seinem Zimmer gewesen war.

Vergeblich versuchte unser Korrespondent Einzelheiten zu erfahren. Hat sich Inspektor Janvier, der zum ersten Mal die Verantwortung für eine so heikle Angelegenheit trägt, an seinen Chef gewandt, und ist dieser nach Paris geeilt?

Wir haben Inspektor Janvier sofort angerufen und konnten ihn erreichen. Er versicherte uns, daß er keinen Kontakt mit dem Kommissar aufgenommen habe und daß dieser sich seines Wissens immer noch in der Vendée aufhalte.

Wir haben auch in der Wohnung am Boulevard Richard-Lenoir anzurufen versucht, aber es meldete sich der telefonische Auftragsdienst.

Ein kleines Geheimnis zusätzlich zum beängstigenderen Rätsel um die Tote vom Boulevard Haussmann.

Die Besitzerin der Bar schaute ihn fragend an:

»Sie sind es, nicht wahr? Sie sind schon einmal vor zwei oder drei Jahren hier gewesen. Ich erinnere mich sogar, daß Sie mit einem kleinen Dicken hier waren, der beim Laufen hüpfte.«

Sie meinte Lucas.

»Ich bin's«, gab er zu, weil ihm nichts anderes

übrigblieb. »Wir bleiben nur ein paar Stunden in Paris, meine Frau und ich, weil wir noch Urlaub haben.«

»Man kann den Zeitungen nichts glauben«, sagte sie zum Schluß und ging wieder auf ihren Platz hinter der Theke.

Noch eine Meldung stand in der Zeitung.

Am frühen Nachmittag ließ Untersuchungsrichter Coméliau Dr. Négrel in sein Dienstzimmer holen, um ihn zu vernehmen. Einfach, aber bestimmt verweigerte der Arzt jede Aussage ohne Beisein seines Anwalts. Maître Chapuis, sein zukünftiger Schwiegervater und sein Anwalt zugleich, hält sich aber immer noch in Concarneau auf, wo seine Anwesenheit die Bevölkerung in Spannung hält. Nach letzten Meldungen soll er, zufrieden mit dem Resultat seines Aufenthalts in dem bretonischen Hafen, heute abend den Zug zurück nach Paris nehmen.

Hatte er mit seiner Tochter telefonischen Kontakt? Hat diese aus eigenem Antrieb gehandelt? Immerhin hat sie sich bei der Kriminalpolizei gemeldet, die sie nicht vorgeladen hatte, und verlangte Inspektor Janvier zu sprechen.

Dieser, gesprächiger als zu Anfang der Affäre, hat uns den Zweck des Besuchs der jungen Dame nicht verheimlicht.

Sie wollte ihm sagen, daß sie von den Beziehungen zwischen Dr. Négrel und Éveline Jave wußte, ihnen aber keine Bedeutung beimaß.

»Gilbert«, sagte sie bestimmt, »hatte Mitleid mit ihr. Sie hat sich ihm vor zwei Jahren buchstäblich in die

Arme geworfen. Er liebte sie nicht. Er sah sie so selten, wie es nur ging. Er hat mir gegenüber kein Hehl daraus gemacht, daß er sie, seit wir uns kennen, drei- oder viermal gesehen hat und daß sie ihn bis in seine Wohnung verfolgt hat. Jave, der seine Frau gut kannte, hat es bestimmt gewußt, und ich bin sicher, daß er nicht eifersüchtig war.«

Nachdem das junge Mädchen gegangen war, herrschte eine gewisse Erregung am Quai des Orfèvres, wo man sich auf unmittelbar bevorstehende Ereignisse gefaßt zu machen scheint.

Im Augenblick, in dem wir dies schreiben, sind Lapointe und Neveu, die beiden Inspektoren, mit unbekanntem Ziel weggefahren.

In Maigrets Büro, in dem Inspektor Janvier seit dem Urlaubsbeginn seines Chefs sitzt, klingelt ununterbrochen das Telefon.

Jetzt war es mit der Ruhe vorbei. Noch vor ein paar Minuten spazierte Maigret mit seiner Frau friedlich die Quais entlang und erzählte ihr von früheren Fällen.

Jetzt schaute er wieder besorgt drein und schien die gelben Wände mit den Farbdrucken nicht zu sehen.

»Glaubst du«, fragte seine Frau, »daß sie uns am Boulevard Richard-Lenoir abpassen?«

Daran dachte er im Augenblick nicht, und er zuckte zusammen; es dauerte ein paar Sekunden, bis die Worte, die er wie durch einen Nebel hörte, einen Sinn bekamen.

»Möglich, ja. Wahrscheinlich.«

Lassagne, der immer noch in Concarneau war, stand sicher in ständigem Kontakt mit seiner Zeitung und würde bestimmt irgendeinen jungen Reporter hinschicken, der vor der Wohnung Maigrets Wache schieben sollte.

»Bringen Sie mir noch einmal dasselbe, Madame.«

»Haben Sie es gelesen?«

»Ja. Ich danke Ihnen.«

Er war schon nicht mehr in der kleinen Bar. Seine Frau wie auch seine Mitarbeiter kannten diesen Ausdruck gut. Wenn es ihn am Quai des Orfèvres überkam, ging man auf Zehenspitzen und redete leise, denn dann konnte er einen ebenso heftigen wie kurzen Wutanfall haben, der ihm aber gleich danach leid tat.

Madame Maigret war sogar so klug, gar nicht zu ihm hinüberzuschauen, und tat so, als lese sie die Frauenseite in der Zeitung, beobachtete dabei aber aufmerksam die Reaktionen ihres Mannes.

Er selber hätte wahrscheinlich nicht sagen können, woran er dachte. Vielleicht weil er nichts dachte? Denn hier ging es nicht ums Überlegen. Es war ungefähr so, als ob die drei Personen des Dramas in ihm zu leben anfingen, und selbst die Komparsen wie Josépha, Antoinette, die kleine Verlobte, Mademoiselle Jusserand waren nicht mehr nur Gestalten, sondern wurden zu menschlichen Wesen. Aber es waren noch unvollständige, schemenhafte menschliche Wesen. Sie blieben noch verschwommen, und der Kommissar versuchte sie unter beinahe schmerzhafter Anstrengung aus diesem Halbdunkel zu ziehen.

Er spürte, daß die Wahrheit ganz nahe war und daß

er unfähig war, sie zu erkennen. Einer der beiden Männer war schuldig, der andere unschuldig. Manchmal machte er den Mund auf, als ob ihm ein Name auf der Zunge läge, gab es aber nach kurzem Zögern auf.

Hier gab es nicht, wie in den meisten Fällen, eine einzige mögliche Lösung. Es gab mindestens zwei.

Doch war nur eine richtig, eine einzige die menschliche Wahrheit. Sie konnte nicht durch strenges Nachdenken, durch eine logische Rekonstruktion der Tatsachen gefunden werden, sie mußte *erspürt* werden.

Éveline hatte Négrel am Freitag angerufen, der sich mehr oder weniger in seine Rolle als Liebhaber gefügt hatte.

Hatte sie ihm angekündigt, daß sie am nächsten Morgen mit dem Flugzeug nach Paris kommen würde?

War es im Gegenteil die Zurückhaltung des jungen Arztes, die sie plötzlich zu dieser Reise veranlaßte?

Sie war am Samstag früh noch kaum abgereist, als Jave zum Flughafen eilte und, weil er kein Flugzeug nach Paris bekam, nach London flog, um nicht warten zu müssen.

»Glaubst du das?« fragte er plötzlich, redete aber eigentlich mit sich selber und nicht mit Madame Maigret.

»Was?«

»An ein zufälliges Zusammentreffen. Éveline Jave ist verliebt in Négrel, hält es nach ein paar Wochen Trennung nicht mehr aus und eilt nach Paris. Ihr Mann ist verliebt in Antoinette Chauvet und hat am gleichen Tag den dringenden Wunsch, zu ihr zu fahren und sich in ihre Arme zu stürzen.«

Madame Maigret überlegte.

»Er hat die Abwesenheit seiner Frau ausgenutzt, oder?«

Maigret sah das nicht so. Er mochte den Zufall nicht.

»Er mußte in Paris, wo er sein Auto nicht dabei hatte, mindestens zweimal ein Taxi nehmen, einmal von der Place des Invalides, wo ihn der Flughafenbus abgesetzt hatte, in die Rue Washington, und dann abends, um an den Bahnhof zu fahren. Wie ich Janvier kenne, hat er bestimmt alle Taxifahrer ausfragen lassen.«

»Du glaubst, das bringt etwas?«

»Auf diese Art sind wir schon oft zu Ergebnissen gekommen, aber das dauert seine Zeit.«

Nachdem er ziemlich lange geschwiegen hatte, trank er einen Schluck, stopfte sich eine neue Pfeife und seufzte:

»Sie war nackt ...«

Évelines Bild, nackt, zusammengekrümmt in einem Wandschrank, ging ihm nicht aus dem Kopf.

Er war erstaunt, daß seine Frau für dieses eine Mal ihre Scham überwand, wegen der er sie manchmal hänselte:

»Wenn man von dem ausgeht, was sie vorher am Boulevard Haussmann gemacht hat, ist es doch natürlich, oder?«

Er wollte antworten:

»Nein!«

Etwas stimmte da nicht. Schien ihm diese Version der Ereignisse wegen Négrels Charakter falsch zu sein? Der junge Arzt vertrat einen Kollegen in einer Praxis, die zu den luxuriösesten in Paris gehörte. Er erwartete eine bestimmte Anzahl von Patienten. Es war die Rede von fünf. Jeden Moment konnte noch jemand kommen, denn es war ja Sprechstunde. Josépha hielt sich in der Wohnung gegenüber auf.

Selbst wenn sich Éveline im Schlafzimmer ausgezogen hatte, selbst wenn er sie getötet hatte, mit oder ohne Absicht, hätte nicht gerade ein Mann wie Négrel sie wieder angezogen?

Nicht unbedingt, um den Verdacht abzulenken. Eher aus einer Art Reflex heraus.

Das Radio lief immer noch leise, aber Maigret hörte nicht zu und ging noch einmal mit halbgeschlossenen Augen die Ereignisse vom Samstag der Reihe nach durch.

Josépha hatte nach ihrer Aussage den Boulevard Haussmann gegen sechs Uhr verlassen und war zu ihrer Tochter gegangen, wo sie Doktor Jave angetroffen hatte.

Bei ihrer ersten Vernehmung hatte sie gelogen, denn sie hatte behauptet, sie habe ihn seit seiner Abreise nach Cannes nicht mehr gesehen. Das ließe sich erklären aus dem Wunsch heraus, ihre Tochter nicht zu kompromittieren. Es ließ sich aber auch anders erklären.

Plötzlich schien ihm, als ob ein bißchen Licht in das Dunkel käme, aber noch so schwach, daß er es nicht durchdringen konnte. Er dachte an den Hausflur mit seinen zwei Wohnungstüren... Dieser Hausflur...

In diesem Augenblick legte Madame Maigret ihre Hand auf seine. »Hör mal!«

Er hatte nicht gemerkt, daß das Radio keine Musik mehr brachte und daß ein Sprecher sagte:

»Letzte Meldungen von heute nachmittag. Der Fall Boulevard Haussmann scheint kurz vor der Aufklärung zu stehen...

Die Stimme klang monoton. Der Sprecher verlas sicher einen Text, den man ihm gerade erst hingelegt hatte, denn er stotterte bei manchen Wörtern.

Heute nachmittag um drei Uhr gingen zwei Inspektoren der Kriminalpolizei zu der Wohnung von Dr. Jave am Boulevard Haussmann und kamen ein paar Minuten später in Begleitung des Arztes wieder heraus.

Dieser hat in den letzten vier Tagen offensichtlich an Gewicht verloren, und er überquerte das Trottoir, ohne die Journalisten, die ihm vergebens eine Bemerkung zu entlocken suchten, eines Blickes zu würdigen.

Ungefähr zur gleichen Zeit brachte ein anderer Inspektor im Taxi eine weitere, bisher im Dunkeln gebliebene Person an den Quai des Orfèvres, die in den letzten Tagen nirgends aufzufinden war. Es handelte sich um Antoinette Chauvet, die Geliebte des Arztes.

Sie war nicht so niedergeschlagen wie Jave, als sie

über den Hof des Gebäudes der Kriminalpolizei ging, hinter dem Inspektor die große Treppe hinaufstieg und sofort zu Inspektor Janvier geführt wurde.

Jave traf ein paar Minuten nach ihr ein. Vor ihm öffnete sich die gleiche Tür, die sich sofort wieder schloß.

Das Verhör des Arztes und Antoinette Chauvets dauert schon über zwei Stunden, und es gibt keine Anzeichen dafür, daß es bald zu Ende sein wird. Bei der Atmosphäre auf den Gängen und in den Dienstzimmern und bei der Betriebsamkeit, mit der die Polizisten hin- und herlaufen, hat man jedoch den Eindruck, daß Inspektor Janvier entschlossen ist, die Sache heute noch zu einem Ende zu bringen.

Ein einziges neues Detail konnten wir erfahren: Im Schlafzimmer hinter dem Sprechzimmer am Boulevard Haussmann soll die Polizei einen Knopf gefunden haben, der offenbar von Gilbert Négrels Jacke abgerissen wurde.

Und nun zu den politischen Ereignissen der letzten zwölf Stunden, die …

Die Besitzerin der Bar drehte ab.

»Ich glaube, das interessiert Sie nicht mehr.«

Maigret sah sie an, als ob er nicht verstanden habe. Ihm war gerade eng ums Herz geworden, denn die Worte des Sprechers wirkten auf ihn anders als auf einen gewöhnlichen Zuhörer.

So wie man sagt, ein Soldat riecht das Pulver, so spürte er, daß sich dort in seinem Büro irgend etwas zusammenbraute. Er kannte diese besondere Hektik, von der im Radio die Rede war, gut, weil er sie selber Hunderte von Malen ausgelöst hatte.

Eine Ermittlung stagniert oder scheint zu stagnieren, tagelang, manchmal wochenlang. Und in einem Augenblick, in dem man es am wenigsten erwartet, kommt einem plötzlich die Erleuchtung, ausgelöst durch einen anonymen Anruf oder durch eine scheinbar nebensächliche Entdeckung. »Bringen Sie mir Jave...«

Er glaubte Janvier vor sich zu sehen, wie er, etwas blaß wie ein Schauspieler, den das Lampenfieber packt, wenn er auf die Bühne muß, in seinem Büro auf und ab geht und auf Antoinette und den Doktor wartet.

Warum hatte er sie zusammen vorgeladen? Welche neuen Fragen stellte er ihnen?

Als Maigret in Urlaub ging, hatte er nicht alle seine Pfeifen mitgenommen. Vier oder fünf lagen wohl noch neben seiner Schreibunterlage in der Nähe der Lampe mit dem grünen Schirm. Es stand auch noch eine halbe Flasche Kognak in dem Wandschrank, in dem er sich in dem Emailbecken immer die Hände wusch und in dem auch eines von seinen alten Jacketts hing.

Wie würde Janvier an die Sache herangehen? Er war zwanzig Jahre jünger als der Kommissar, war aber bei den meisten seiner Ermittlungen dabei und kannte seine Methoden besser als jeder andere.

Fehlte ihm aber nicht ein bißchen das Format für die Rolle, die er spielte? In der Filmsprache sagte man »Ausstrahlung«. Jave war der ältere, war ein Mann mit Erfahrung, der viel gesehen und erlebt hatte.

»Gehen wir?« fragte Madame Maigret, als er aufstand und zur Theke ging, um zu bezahlen.

»Ja.«

Diesmal mußte sie nicht zu Fuß gehen. Am Trottoirrand schaute er nach einem Taxi aus, und schließlich hielt eines.

»Ecke Boulevard Richard-Lenoir und Boulevard Voltaire.«

Als er drin saß, erklärte er:

»Für den Fall, daß Journalisten vor unserem Haus stehen.«

»Du meinst, ich soll allein nach Haus gehen?«

Er nickte, und sie stellte keine weiteren Fragen mehr.

»Geh hinein, als ob nichts wäre. Wenn die Reporter dich fragen, sage ihnen, wir seien für ein paar Stunden in Paris und ich sei in der Stadt. Mach das Abendessen, und wenn ich bis acht Uhr nicht zu Hause bin, iß ohne mich.«

So, als ob er am Quai des Orfèvres arbeitete und mit einem Fall zu tun hätte. Er kam dann nicht nur nicht zum Essen, sondern sie sah ihn manchmal erst am frühen Morgen.

»Ich bin am Quai«, sagte er dann am Telefon. »Ich weiß nicht, wann ich nach Hause komme.«

Sie hatte auch Radio gehört, sie ahnte, was los war. Sie fragte sich, ob ihr Mann sein Versprechen halten würde, das er sich und auch Pardon gegeben hatte, das Versprechen, nicht in sein Büro zu gehen, solange er Urlaub hatte.

Sie wußte, daß er es gerne gewollt hätte. Sie sah, wie

finster und beunruhigt er dreinblickte. Als das Taxi hielt, murmelte sie:

»Warum gehst du eigentlich nicht hin?«

Er schüttelte den Kopf, wartete bis sie ein Stück gegangen war und sagte zum Fahrer:

»Boulevard Saint-Michel. An den Brunnen.«

Vielleicht war es kindisch, aber er hatte das Bedürfnis, näher am Ort des Geschehens zu sein. Manchmal stehen Schaulustige stundenlang vor einem Haus, in dem ein Verbrechen begangen wurde, obwohl es gar nichts zu sehen gibt.

Alles, was er sehen konnte, war das große Hauptportal der Kriminalpolizei mit einem Wachpolizisten davor, den Hof mit den kleinen schwarzen Autos und Fenster; hinter einem von ihnen war sein Büro.

Am Quai warteten zwei Fotoreporter mit ihren Kameras, sicher waren noch mehr da, wie auch Journalisten auf dem breiten Gang im ersten Stock.

Hatte Janvier wirklich etwas Neues herausgefunden? Handelte er aus eigener Entscheidung heraus oder auf Befehl des jähzornigen Richters Coméliau?

Gilbert Négrel saß allein in einer der Zellen, die auf den zweiten Innenhof hinausgingen.

Von Évelines Beerdigung war nicht mehr die Rede, als ob sich plötzlich alle, auch ihr Bruder, nicht mehr dafür interessierten.

Maigret kam am Quai des Grands-Augustins, genau gegenüber vom Palais de Justice, an und zögerte einen Augenblick, bevor er in eine kleine normannische Bar ging, die etwas tiefer lag und zu der zwei Stufen hinunterführten. Dort war es immer kühl, auch bei der größten Hitze, und in keinem Bistro in Paris roch es so stark nach Calvados wie hier.

»So stimmt es also, was in der Zeitung steht ...«

Der Wirt mit den roten Backen kannte ihn seit Jahren, und die letzte Zeitungsausgabe lag aufgeschlagen vor ihm.

»Was darf ich Ihnen anbieten? Ist es schon zu spät für einen kleinen Calva?«

Er goß, ohne abzuwarten, zwei Gläser ein. Ein einziger Gast saß in einer Ecke und las Prospekte eines Reisebüros; die Bedienung legte die Gedecke auf für die sechs Tische mit den rot-weiß-karierten Tischtüchern.

»Wie ist das Wetter in Sables d'Olonne? Hier hatten wir außer einem Gewitter wunderschönes Wetter. Auf Ihr Wohl!«

Maigret stieß mit ihm an und trank einen Schluck.

»Ich wußte es von Anfang an, daß man Sie zurückholen würde. Ich habe auch zu meiner Frau gesagt, diese Geschichte kann nur der Kommissar klären. Weil sie, wenn Sie meine Meinung hören wollen, alle zusammen lügen. Finden Sie das nicht auch?

Anstelle von Inspektor Janvier – es ist schon eine ganze Weile her, seit er das letzte Mal hier etwas getrunken hat –, an seiner Stelle, sage ich, hätte ich sie einander gegenübergestellt, die Ärzte, und hätte ihnen gesagt:

›Sehen Sie zu, wie Sie beide da herauskommen.‹«

Maigret mußte lächeln, doch blieb sein Blick durch das Fenster an den offenen Fenstern seines Büros hängen. Irgendwann sah er das Profil eines Mannes, der auf und ab ging, und erkannte die Gestalt Janviers. Trotz der Entfernung konnte er sogar den Rauch seiner Zigarette im halbdunklen Zimmer unterscheiden.

Die Geschichte mit dem Knopf ging ihm nicht aus dem Kopf, kam ihm vor wie ein falscher Ton. Das ließ darauf schließen, daß es zwischen Éveline und Doktor Négrel einen Kampf gegeben hatte. Von da bis zu der Annahme, daß er es war, der die junge Frau geschlagen oder gegen ein Möbelstück geworfen hatte, war nur ein Schritt.

Und dann erklärte sich auch die Digitalisspritze, sogar die Verwechslung des Medikaments.

»Sie war nackt ...«, murmelte er, ohne es zu merken.

»Was sagen Sie?«

»Nichts. Ich frage mich ...«

Er hatte das schwache Licht vom Quai de Charenton von vorhin wiedergesehen. Irgend etwas stimmte nicht. Eine der Nebenfiguren kam ihm immer wieder in den Sinn, eine, von der am wenigsten geredet wurde.

Es handelte sich um Claire Jusserand, das Kindermädchen, das Dr. Jave in einer Pariser Klinik, wo sie Krankenschwester war, für sein Kind engagiert hatte.

Wenn man den Zeitungen glauben konnte, hatte sie von Anfang an geschwiegen, sich in der Villa Marie-Thérèse eingeschlossen, wo man sie nur von weitem mit der kleinen Michèle im Park sehen konnte.

Er rief sich einen harmlosen Satz in Erinnerung, den er irgendwo gelesen hatte, in einem Artikel von Lassagne oder in einem anderen:

Sie ist um die fünfzig und scheint alle Männer zu hassen...

Er hatte diese Sorte von Frauen schon kennengelernt. Die meisten haßten übrigens nicht nur die Männer, sondern auch die Frauen und lebten wie in sich selber eingeschlossen.

Aber sie haßten nicht unbedingt *alle* Männer. Manchmal verehrten sie heimlich einen einzigen und trieben mit ihm einen Kult, der ihr einziger Lebenszweck wurde.

Kannte sie Jave schon lange? Bei ihrem Beruf war es möglich und wahrscheinlich, da der Arzt in den meisten Pariser Kliniken Patienten hatte.

Maigret versuchte sie sich am Boulevard Haussmann und in der Villa Marie-Thérèse vorzustellen. Sie hatte nie erfahren, was Liebe ist, oder wenn sie es erfahren hatte, war es eine unglückliche Liebe.

Wie waren ihre Beziehungen zu Éveline Jave, wenn sie sah, wie diese Schmuck zusammenraffte und dabei nicht nur einen Mann, sondern auch einen Liebhaber hatte?

Die Sonne ging unter und die letzten Schlepperführer mit ihren Kähnen hatten es eilig, den nächsten Seinehafen anzusteuern. Ein Angler packte seine Sachen zusammen, und die Bouquinisten hatten schon zugemacht.

»Darf ich fragen, ob Sie hier zu Abend essen? Ich nehme an, Sie haben viel zu tun?«

»Ich habe gar nichts zu tun. Ich habe Urlaub.«

Er sagte es mit einer gewissen Verbitterung.

»Was gibt es?«

Es stand mit Kreide geschrieben auf einer Schiefertafel. Es gab normannische Seezunge und Kalbsbraten.

»Ich esse hier.«

Der Wirt schmunzelte, denn er glaubte dem Kommissar nicht ein Wort, was er von seinem Urlaub gesagt hatte. Für ihn wie für viele andere war das gedruckte Wort der Zeitung wahr wie das Evangelium.

»Maria! Reservieren Sie den Tisch am Fenster für den Kommissar.«

Und er zwinkerte zu ihm hinüber in der Überzeugung, daß er nur hier war, um Gott weiß was zu beobachten!

»Schenken Sie noch einmal nach... Das ist meine Runde ...«

Seit beinahe vier Stunden saßen Antoinette und Jave in Maigrets Büro einem Janvier gegenüber, der immer nervöser wurde.

Die Lampe mit dem grünen Schirm wurde angemacht. Jemand schloß das Fenster. Als Maigret eine halbe Stunde später beim Essen war, sah er den Ober aus der Brasserie Dauphine mit einem Tablett, das mit einer Serviette zugedeckt war.

Auch das war typisch. Biergläser und Sandwiches bedeuteten, daß das Verhör sich bis spät in die Nacht ziehen würde.

Sofortige Ergebnisse wurden kaum erwartet, denn drei oder vier Reporter gingen vom Quai des Orfèvres in das Restaurant an der Place Dauphine zum Essen. Sie würden sich bestimmt nicht außer Reichweite begeben, wenn man ihnen nicht gesagt hätte, sie könnten essen gehen.

An den Tischen im Restaurant saßen nun fünf Gäste; zwei Männer auf einer Bank diskutierten über Vergaser und mußten Vertreter sein; ein ausländisches Pärchen, das sich nur mühsam verständigen konnte, und schließlich ein blondes Mädchen, das beim Hereinkommen in die Richtung des Kommissars geschaut und die Stirn gerunzelt hatte.

Er hatte sie nicht sofort erkannt, obwohl ihr Foto in den Zeitungen veröffentlicht worden war. Es war Martine Chapuis; sie trug ein bedrucktes Baumwollkleid und sah runder und fülliger aus als auf den Fotos.

Auch sie hatte einen Platz am Fenster ausgesucht und ließ den Quai des Orfèvres nur aus den Augen, um kurz zum Kommissar hinüberzuschauen.

Sie war ihm gleich sympathisch. Sie hatte ein offenes Gesicht, einen gleichmäßig geformten Mund und wirkte viel fraulicher, als man es bei einer Person vermutet hätte, die so erfolgreich an der Universität studierte.

Er wollte sie beinahe ansprechen und sie hatte ein paarmal den gleichen Gedanken, denn wenn sich ihre Blicke begegneten, lächelte sie leicht.

Durch die Zeitung und das Radio wußte sie, was gegenüber vor sich ging. Von ihrem Vater kannte sie die Gewohnheiten der Polizei und wartete auch auf den Ausgang.

Sie wollte ganz vorne mit dabei sein. Gehörte sie nicht zu den am meisten Betroffenen?

»Eine richtige Frau«, dachte er, als man ihm den Käse brachte.

Plötzlich stand er auf und ging in die Küche, wo der Wirt mit weißer Mütze am Herd beschäftigt war.

»Kann ich nach Cannes telefonieren?«

»Sie wissen ja, wo die Zelle ist. Sie brauchen nur zu fragen, wieviel es kostet.«

Martine Chapuis, die ihm nachgesehen hatte, sah, wie er durch die Glastür ging und den Hörer abnahm.

»Ich möchte die Villa Marie-Thérèse in Cannes, Mademoiselle. Es ist ein persönlicher Anruf für Mademoiselle Jusserand.«

»Warten Sie bitte ein paar Minuten.«

Er ging wieder auf seinen Platz und hatte gerade seinen Camembert gegessen, als das Telefon klingelte.

Jetzt hatte *er* Lampenfieber, denn er unternahm ein ihm ungewohntes Experiment, das er sich niemals erlaubt hätte, wenn er in seinem Büro in Janviers Lage gewesen wäre.

Die Verbindung war, wie er es erwartet und erhofft hatte, schlecht. Am anderen Ende der Leitung hörte er eine Stimme, die ungeduldig immer wieder sagte:

»Hallo, hallo, hier die Villa Marie-Thérèse. Wer ist am Apparat?«

Die Zeitungen hatten geschrieben, daß die Köchin eine Einheimische sei. Die Person aber, die ihm antwortete, sprach ohne Akzent, es war vermutlich Mademoiselle Jusserand.

Er verstellte seine Stimme, so gut er konnte.

»Hallo, Claire?«

Er riskierte es, denn er wußte nicht, wie Doktor Jave das Kindermädchen nannte.

»Ich bin es, ja. Wer ist am Apparat?«

Er mußte noch ein zweites Risiko eingehen.

»Hier ist Jave.«

»Die Verbindung ist schlecht«, sagte sie. »Ich verstehe Sie kaum. Die Kleine weint im Zimmer nebenan.«

Alles lief gut. Er hatte die passenden Worte gefunden. Er mußte nur noch seine Frage stellen.

»Sagen Sie, Claire, als die Polizei Sie vernommen hat, wegen Madames Anruf am Freitag, haben Sie da geantwortet, daß Sie es mir erzählt haben?«

Er wartete mit klopfendem Herzen und konnte durch die Scheibe Martine Chapuis sehen, die ihn unverwandt anstarrte.

»Natürlich nicht«, sagte die Stimme am anderen Ende der Leitung.

Es hörte sich an, als ob das Kindermädchen schokkiert sei, daß man ihr nicht traute.

»Ich danke Ihnen. Das ist alles.«

Er hängte schnell auf, vergaß beim Fernamt zu fragen, wieviel es kostete; es fiel ihm erst ein, als er am Tisch saß.

Ihm gegenüber am anderen Ende des kleinen Raums beobachtete ihn das junge Mädchen beunruhigt, und er mußte sich zusammennehmen, um ihr nicht zuzulächeln.

8

Die bedeutsame Nacht des Inspektor Janvier

Die zwei Vertreter waren als erste gegangen. Wie der Wirt Maigret am Ende des Essens erzählt hatte, war seine eigentliche Stammkundschaft auf dem Land oder am Meer – und mit den Touristen »wisse man nie«. An einem Tag sei das Lokal ohne besonderen Grund voll, »weil sie einander hinterherliefen wie die Schafe«, an einem anderen Tag, so wie heute, seien nur »zwei arme Schlucker« da, die erst alles zurückgehen ließen, was ihnen nicht schmeckte, und jetzt Franc für Franc die Rechnung kontrollierten.

Martine Chapuis hatte ihren Kaffee eher als er ausgetrunken und ihre Handtasche aufgemacht, um etwas Rouge aufzulegen. Dann hatte sie nach hinten in den Saal geschaut, wo der Wirt und die Bedienung standen, als ob sie die Rechnung wünschte.

Maigret, der zurückgelehnt in kleinen Zügen seine Pfeife rauchte, beobachtete sie und fragte sich, ob sie sich trauen würde ... Er machte sich manchmal einen Spaß daraus vorherzusagen, was die Leute tun würden, und empfand immer eine gewisse Genugtuung, wenn er sich nicht getäuscht hatte.

Würde sie die Hand heben, um die Bedienung zu rufen? Sie wollte es, schaute kurz zum Kommissar hinüber. Richtig! Sie änderte ihre Meinung, schaute

Maigret nachdrücklicher an und machte dabei große Augen, als ob sie eine Frage stellen wollte.

Er zwinkerte ihr mit beinahe väterlicher Miene zu.

Sie hatten sich verstanden. Sie stand ziemlich verlegen auf, ging an den Tisch des Polizeibeamten, der aufstand, um sie Platz nehmen zu lassen.

Nun rief er die Bedienung, aber nicht wegen der Rechnung.

»Zwei Calvados, meine Liebe, aus der Flasche vom Wirt.«

Und zu der überraschten Martine:

»Sie können einen vertragen. Es dauert lange, nicht wahr?«

»Ich verstehe nicht«, gestand sie, »daß Sie nicht drüben sind. Ich habe die Zeitung gelesen und Radio gehört.«

»Ich mache wirklich Urlaub.«

»In Paris?«

»Pst. Es ist ein Geheimnis. Meine Frau und ich haben beschlossen, unseren Urlaub in Paris zu verbringen, um in Ruhe gelassen zu werden, und nicht einmal Janvier weiß es. Also, wie Sie sehen, verstecke ich mich.«

»Sie haben sich aber trotzdem mit dem Fall beschäftigt?«

»Als Amateur, wie jeder. Ich habe die Zeitungen gelesen und in einer Bar gerade zufällig Nachrichten gehört.«

»Glauben Sie, Inspektor Janvier kann es verstehen?«

»Was verstehen?«

»Daß Gilbert diese Frau nicht getötet hat.«

Im Restaurant war es jetzt so still wie in einem Aquarium. Der Wirt und die Wirtin, die so ein rotes Gesicht wie ihr Mann hatte, aßen am Tisch gleich neben der Küche, und die Bedienung brachte ihnen das Essen.

Auf dem Quai gegenüber sah man die Journalisten vorbeigehen, die ihr kurzes Essen offenbar ausgiebig begossen hatten, denn sogar von weitem merkte man, wie ausgelassen sie waren.

Im Gebäude der Kriminalpolizei waren beinahe alle Lichter aus. Nur im ersten Stock im Büro Maigrets und im Inspektoratsbüro daneben brannte noch Licht.

Der Kommissar ließ sich Zeit und schaute wieder gutmütig drein.

»Sind Sie sicher, daß er unschuldig ist?«

Sie wurde rot und er war froh darüber, denn er mochte keine Frauen, die nicht einmal mehr rot werden konnten.

»Ganz sicher.«

»Weil Sie ihn lieben?«

»Weil ich weiß, daß er nicht imstande ist, eine schändliche Tat zu begehen, geschweige denn ein Verbrechen.«

»Haben Sie das vom ersten Tag an geglaubt?«

Sie schaute zur Seite, und er sagte weiter:

»Geben Sie zu, daß Sie Zweifel hatten.«

»Zuerst habe ich mir gesagt, es war vielleicht ein Unfall.«

»Und jetzt?«

»Ich bin überzeugt, daß er es nicht war.«

»Warum?«

Seit er angefangen hatte zu essen, war er das Gefühl nicht losgeworden, daß sie mit ihm reden und ihm wirklich etwas sagen wollte, etwas, was schwer zu formulieren war. So wie sie sich ihm gegenüber benahm, glaubte er zu wissen, daß sie eine freundschaftliche, vertrauensvolle Beziehung zu ihrem Vater hatte. Es war ein bißchen so, als ob sie in dessen Abwesenheit den Kommissar als Stellvertreter ausgesucht hätte.

Anstatt ihm zu antworten, fragte sie ihn:

»Haben Sie vorhin mit Concarneau telefoniert?«

»Nein.«

»Ach!«

Sie schien enttäuscht zu sein, daß sie sich getäuscht hatte.

»Ich möchte wissen, was die da drüben stundenlang machen.«

»Wir dürfen nicht die Geduld verlieren, denn das kann die ganze Nacht dauern.«

»Glauben Sie, sie verhören Gilbert auch?«

»Möglich, aber unwahrscheinlich. Négrel ist schon in den Händen des Untersuchungsrichters und kann nur noch im Beisein seines Anwalts vernommen werden.«

»Papa kommt erst morgen früh.«

»Ich weiß. Sie haben mir noch immer nicht gesagt, warum Sie beinahe sicher sind, daß es nicht Ihr Verlobter war, der Madame Jave getötet hat.«

Sie zündete sich eine Zigarette an und war etwas nervös.

»Erlauben Sie?«

»Aber bitte.«

»Es ist schwer zu erklären. Haben Sie Gilbert nie gesehen?«

»Nein. Ich glaube aber, ich habe eine ziemlich genaue Vorstellung von seinem Wesen.«

»Und auch von seinem Benehmen einer Frau gegenüber?«

Er schaute sie erstaunt und neugierig an.

»Ich brauche mich nicht zu zieren, nicht wahr? Sie haben aus meinen Aussagen heraus gemerkt, daß wir nicht bis zur Hochzeit warteten, um einander zu gehören. Mama ist wütend, wegen der Leute, aber Papa ist mir nicht böse. Als man die Leiche dieser Frau entdeckt hat, war sie ganz nackt...«

Maigrets Augen wurden kleiner, schärfer, denn sie rührte an einen Punkt, der ihn von Anfang an beschäftigt hatte.

»Ich weiß nicht, wie ich es sagen soll... Es ist heikel ... Bei manchen Männern wäre es möglich gewesen ... Verstehen Sie?«

»Noch nicht.«

Sie trank ihr Glas halb aus, um sich Mut zu machen.

»Wenn zwischen den beiden an jenem Samstag etwas gewesen wäre und Madame Jave sich ausgezogen hätte, hätte sich Gilbert auch ausgezogen.«

Er spürte plötzlich, daß es stimmte. Manche Männer hätten anders, ungenierter gehandelt. Aber nicht ein Junge wie Négrel, der Wert darauf gelegt hätte, sich irgendwie auf gleicher Ebene wie seine Partnerin zu befinden.

»Was beweist, daß er es nicht tat?«

Es war kaum noch eine Frage, denn er wußte die Antwort im voraus.

»Sie vergessen, daß es während der Sprechstunde geschah und Josépha jeden Augenblick einen neuen Patienten hereinlassen konnte. Können Sie sich vorstellen, daß ein Arzt nackt in seinem Sprechzimmer erscheint?«

Sie mußte selber lachen. Dann wurde sie wieder ernst, warf einen Blick über die Seine.

»Ich schwöre Ihnen, Kommissar, es ist die Wahrheit. Ich kenne Gilbert. Wenn es auch seltsam sein mag, er ist schüchtern und in seinen Beziehungen zu Frauen von äußerster Zurückhaltung.«

»Ich glaube Ihnen.«

»Glauben Sie dann auch, daß er sie nicht getötet hat?«

Er zog es vor, darauf nicht zu antworten, und schaute jetzt auch zu den Fenstern seines Büros hinüber, wo Inspektor Janvier ohne Übertreibung die bedeutsamste Nacht seines Lebens erlebte. Die Reporter, die Fotografen warteten auf dem Gang. Die Zeitungen, das Radio hatten gemeldet, daß mit dem entscheidenden Verhör begonnen worden sei.

Entweder würde der Fall Boulevard Haussmann bald aufgeklärt sein, und Janvier hätte das Spiel gewonnen, oder die Öffentlichkeit reagierte morgen früh enttäuscht und verärgert. Und nicht nur die Öffentlichkeit. Coméliau rief sicher jede halbe Stunde von seiner Wohnung aus an, um auf dem laufenden zu bleiben.

»Entschuldigen Sie mich einen Augenblick, mein Kind?«

Er war überrascht, daß er sie so genannt hatte, aber er mochte sie gern. Wenn er eine Tochter gehabt hätte, wäre er bestimmt nicht verärgert gewesen, wenn sie ihr ähnlich gewesen wäre. Madame Maigret hätte reagiert wie Martines Mutter, aber er hätte bestimmt so wie Chapuis reagiert.

Er ging nach hinten in den Saal.

»Haben Sie Briefpapier ohne Kopf und einen Umschlag?«

»Wir haben nur Briefpapier ohne Kopf. Nehmen Sie die Schreibunterlage hinter der Theke. Dort ist auch ein Tintenfaß und eine Feder.«

»Seit wann ist der Junge, den ich gerade in der Küche Geschirr spülen sah, bei Ihnen?«

»Seine Mutter kam vor drei Wochen und stellte ihn vor. Er geht im Oktober wieder zurück aufs Gymnasium. Es sind arme Leute, und er will sich in den Ferien ein bißchen Geld verdienen.«

»Janvier ist seit drei Wochen nicht mehr hier gewesen?«

»Ich habe ihn nicht gesehen, nein. Wenn sie einen trinken wollen, gehen sie lieber in die Brasserie Dauphine, weil die näher ist.«

Maigret wußte das besser als alle anderen.

»Lassen Sie den Jungen nicht gehen, bevor ich ihm nicht etwas aufgetragen habe.«

»Er hat noch eine Weile in der Küche zu tun.«

Maigret ging nicht an den Tisch zurück, sondern ließ sich ziemlich weit von Martine Chapuis weg an einem anderen Tisch nieder. Er schrieb auf den Umschlag:

DRINGEND INSPEKTOR JANVIER ÜBERGEBEN

Das junge Mädchen sah von seinem Platz aus zwar, daß er etwas in Druckbuchstaben schrieb, verstand aber nichts.

Der Text auf dem Papier war kurz.

JAVE WUSSTE VON DEM KINDERMÄDCHEN SEIT
FREITAG ABEND,
DASS SEINE FRAU NACH PARIS FAHREN WÜRDE.

Er ging in die Küche.

»Wie heißt du?« fragte er den Jungen mit den wirren Haaren, der Teller einräumte.

»Ernest, Herr Kommissar.«

»Wer hat dir gesagt, daß ich das bin?«

»Niemand. Ich habe Sie wegen der Fotos erkannt.«

»Willst du etwas für mich erledigen? Läßt du dich auch nicht leicht einschüchtern?«

»Von Ihnen vielleicht. Aber nicht von jemand anders.«

»Du läufst hinüber zur Kriminalpolizei. Kennst du sie?«

»Das große Portal, wo immer ein Wachpolizist steht?«

»Ja. Du übergibst dem Polizisten diesen Umschlag und sagst ihm, er solle ihn sofort Inspektor Janvier bringen.«

»Ich verstehe.«

»Einen Augenblick. Das ist noch nicht alles. Es

kann sein, daß der Polizist dir sagt, du sollst es selber hinaufbringen.«

»Soll ich das tun?«

»Ja. Im ersten Stock werden viele Leute sein. Hinter einem Pult siehst du einen alten Pförtner, der eine Kette um den Hals trägt.«

»Ich weiß, wie das ist. So etwas gibt es in den Banken auch.«

»Ihm sagst du dasselbe. Wenn ein Inspektor in der Nähe ist, wird er dich vielleicht ausfragen. Merk dir folgendes: Du bist über den Pont Saint-Michel gegangen, als dir ein Mann fünfhundert Francs gab, damit du einen Brief zur Kriminalpolizei bringst.«

»Ich habe verstanden.«

»Der Herr war klein und schlank ...«

Der Junge fand es lustig und hatte es eilig loszulaufen.

»Klein und schlank, ziemlich alt ...«

»Ja, Monsieur Maigret.«

»Das ist alles. Es ist besser, wenn du heute abend nicht mehr hierher zurückkommst, denn es könnte sein, daß sie dir nachgehen.«

»Spielen Sie ihnen einen Streich?«

Maigret lächelte nur und ging wieder an seinen Platz zu dem jungen Mädchen.

»Mal sehen, was dabei herauskommt.«

»Was haben Sie gemacht?«

»Ich habe mich benommen wie ein ganz gewöhnlicher Zeitungsleser, der unter seine Botschaften schreibt: Jemand, der es weiß.«

Sie sah Ernest mit dem Brief loslaufen, nachdem er

leise mit seinem Chef gesprochen hatte, und sie sah ihm nach, wie er über den Pont Saint-Michel mehr rannte als ging.

»Weil ich Ihnen das vorhin gesagt habe?«

»Nein.«

»Wegen Ihres Anrufs?«

»Ja.«

Der Wirt und die Wirtin waren mit dem Essen fertig. Ihr Tisch wurde abgeräumt.

»Glauben Sie nicht, daß sie warten, bis wir gehen, um zu schließen?«

»Bestimmt.«

»Sie müssen früh aufstehen ...«

»Es ist dumm, daß wir nirgends mehr hingehen können.«

Gegenüber der Kriminalpolizei war kein anderes Café und keine andere Bar mehr offen. Der Junge am Quai drüben redete mit dem Wachpolizisten. Er verschwand gleich darauf im Portal.

»Ich dachte mir schon, daß er ihn hinaufschicken würde. Der Polizist darf seinen Posten nicht verlassen, es sei denn...«

Die Sache ging gut, denn Ernest erschien drei oder vier Minuten später wieder und ging diesmal in Richtung Pont-Neuf.

Janvier hatte die anonyme Botschaft erhalten. Selbst wenn er ihr nur bedingt glaubte, mußte er Dr. Jave mindestens eine Frage diesbezüglich stellen.

»Sie scheinen gar nicht ungeduldig zu sein«, bemerkte Martine, als er sich auf die Bank setzte und ins Leere schaute.

Weil sie ihn nicht kannte. Zum ersten Mal erlebte er diese Phase einer Ermittlung woanders als in seinem Büro, und er hatte das gleiche Gefühl, wie wenn er es war, der die Fragen stellte.

Er hatte alle möglichen Leute Hunderten von Verhören unterzogen. Die meisten dauerten mehrere Stunden. Manche zogen sich bei Pfeifen- oder Zigarettenqualm bis in die Nacht hinein, und oft mußten sich die Inspektoren ablösen.

Am Quai redete man immer noch von dem Verhör, das siebenundzwanzig Stunden gedauert hatte und an dessen Ende Maigret genauso erschöpft war wie der Mann, der endlich gestanden hatte.

Aber es kam immer wieder, auch nach so vielen Jahren noch, zu demselben Phänomen.

Solange der Tatverdächtige ihm Widerstand leistete, keine Antwort gab oder log, war es irgendwie ein gleichgewichtiger Kampf, beinahe auf technischer Ebene. Fragen folgten auf Fragen, wurden so überraschend wie möglich gestellt, während der Kommissar auf das geringste Zucken seines Gegenübers achtete.

Beinahe immer kam dann über kurz oder lang ein Augenblick, in dem der Widerstand plötzlich zusammenbrach und der Polizeibeamte nur noch einen Menschen vor sich hatte, der sich in einer ausweglosen Situation befand. Denn in jenem Augenblick wurde er wieder ein Mensch, ein Mensch, der zwar gestohlen oder getötet hatte, aber trotzdem ein Mensch; ein Mensch, der dafür bestraft wurde, ein Mensch, für den diese Minute den Bruch mit seiner Vergangenheit und mit Seinesgleichen bedeutete.

Wie ein Tier, das zur Strecke gebracht worden war – und Maigret hatte es nie fertiggebracht, ein Tier, auch nicht ein schädliches, zu töten –, schaute er den, der ihm das Geständnis abgerungen hatte, beinahe immer mit einem erstaunten Blick an, in dem auch ein Vorwurf lag.

»So war es ...«, murmelte er, am Ende seiner Kräfte.

Er wollte nur noch eins: seine Aussage unterschreiben, egal, was es war, und schlafen.

Wie oft hatte Maigret dann seine Kognakflasche aus dem Schrank geholt, um nicht nur seinem Opfer einen anzubieten, sondern auch um sich selber ein großes Glas einzugießen.

Er hatte seine Arbeit als Polizeibeamter getan. Er urteilte nicht. Das war nicht seine Aufgabe; andere hatten zu richten, und das war ihm auch lieber so.

Wie weit sie wohl waren da oben hinter den Fenstern von Maigrets Büro? Hatte Jave seinen Widerstand allmählich aufgegeben, und blies Janvier zum Halali?

Man hätte meinen können, die junge Frau gegenüber dem Kommissar habe seine Gedanken gelesen.

»Es ist eigenartig«, murmelte sie mit leiser Stimme. »Ich hätte das Dr. Jave auch nicht zugetraut. Er sieht so gar nicht wie ein Mörder aus.«

Maigret sagte nichts. Wozu sollte er ihr auch erklären, daß er in seiner ganzen Laufbahn außer einigen Professionellen nie einem Mörder begegnet war, der wie ein Verbrecher aussah.

»Was schulde ich Ihnen, Chef?«

»Beide Essen?«

»Ich möchte meines selber bezahlen«, protestierte Martine Chapuis.

Er bestand nicht weiter darauf.

»Die Calvados gehen auf meine Rechnung.«

»Wenn Sie wollen.«

Sie gingen zusammen hinaus und waren noch nicht am Pont Saint-Michel, als der Wirt die Läden schloß.

»Gehen Sie hin?«

»Nein, ich warte.«

Zum Glück war der Quai des Orfévres schlecht beleuchtet. Sie gingen im Dunkeln auf dem Trottoir der Seine entlang und der Wachposten konnte sie nicht erkennen.

»Glauben Sie, er wird gestehen?«

Maigret zuckte nur mit den Achseln. Er war nicht allwissend. Er hatte sein möglichstes getan. Alles übrige war Sache Janviers.

Sie liefen weiter und keiner sagte etwas; von weitem konnte man sie für ein Liebespaar halten oder auch für ein Paar, das am Quai noch frische Luft schnappte, bevor es schlafen ging.

»Ich finde, es ist beinahe schade, daß es nicht Négrel ist«, brummte der Kommissar plötzlich.

Sie bekam einen Schreck und schaute ihn plötzlich scharf an.

»Was meinen Sie damit?«

»Regen Sie sich nicht auf. Ich habe nichts gegen Ihren Gilbert, im Gegenteil. Aber wenn er es gewesen wäre, hätte man es für einen Unfall halten können. Verstehen Sie?«

»Ich glaube, ich fange an, es zu verstehen.«

»Erstens hatte Ihr Verlobter kein ausreichendes Tatmotiv. Vor allem, wenn Sie Bescheid wußten über seine Beziehung zu Éveline Jave. Sie wußten doch Bescheid, nicht wahr?«

»Ja.«

Er blieb stehen und fragte sie, ohne sie anzusehen:

»Warum lügen Sie?«

»Ich lüge nicht. Das heißt ...«

»Reden Sie weiter.«

»Ich wußte es, weil er mir gestanden hatte, daß er mit ihr ein Verhältnis hatte. Sie hatte ihn beinahe dazu gezwungen. Ich wußte auch, daß sie ihn weiterhin nicht in Ruhe ließ ...«

»Aber nicht, daß sie am Samstag aus Cannes kommen sollte, um ihn zu sehen?«

»Nein.«

»Auch nicht, daß sie zu ihm ging, seit er Sie kannte?«

»Nein. Sie sehen, ich bin ehrlich. Er hat mir aus Taktgefühl nichts davon erzählt. Ändert das etwas?«

Er überlegte.

»Jetzt nicht mehr. Auf jeden Fall hätte das Motiv nicht ausgereicht. Und wie ich Ihnen schon sagte, wäre es im Fall Négrel ein Unfall, eine Verwechslung der Ampulle gewesen.«

»Halten Sie das noch für möglich?«

»Ich denke nein.«

»Warum?«

»Weil Jave seit Freitag abend wußte, daß seine Frau mit dem Flugzeug am Samstag nach Paris fliegen würde. Er ist nicht hergefahren, um Antoinette zu sehen. Er hat das Flugzeug, in dem Éveline saß, nicht verpaßt. Er hat bewußt das Flugzeug nach London genommen, und ich bin überzeugt, daß er die Abflugzeiten vorher wußte.«

Die Fenster oben waren immer noch erleuchtet. Zwei- oder dreimal sah man eine Gestalt vorbeigehen, sicher Janvier, der zu aufgeregt war, um hinter Maigrets Schreibtisch sitzenzubleiben.

»Finden Sie, Dr. Jave hatte ausreichende Gründe?«

»Reicht das nicht, was man über Éveline erfahren hat?«

»Um sie zu töten?«

Er zuckte wieder mit den Schultern.

»Was mir nicht gefällt, ist«, gab er nur ungern zu, »daß er sie ausgezogen hat.«

»Was meinen Sie?«

»Es beweist, daß er den Verdacht auf jemand anders lenken wollte.«

»Auf Gilbert.«

»Ja. Er glaubte intelligent vorzugehen. So seltsam es scheint, immer sind es die intelligenten Menschen, die sich erwischen lassen. Manche Verbrechen, die irgendein Strolch oder ein Geistesgestörter begangen hat, bleiben ungestraft. Ein Verbrechen eines Verstandesmenschen niemals. Sie wollen alles vorherberechnen, die kleinsten Zufälligkeiten ausschalten. Sie basteln herum. Und dieses Herumbasteln, irgendeine Kleinigkeit »zuviel« überführt sie schließlich.

Ich bin überzeugt, daß sich Jave in der Wohnung gegenüber aufhielt, solange seine Frau mit Ihrem Verlobten zusammen war.

Ich weiß nicht, was sie Négrel gesagt hat, und bei seiner Veranlagung bezweifle ich, ob er es Ihnen je erzählen wird.«

»Da bin ich sicher.«

»Es würde mich nicht wundern, wenn sie ihm ihren Entschluß, sich scheiden zu lassen, mitgeteilt hätte oder sogar gleich mit ihm zusammenleben wollte.«

»Glauben Sie, daß sie ihn liebte?«

»Sie brauchte zumindest einen Mann für sich. Sie hatte es so oft versucht. Seit sie vierzehn war, hatte sie es umsonst versucht ...«

»War sie unglücklich?«

»Ich weiß es nicht. Sie hat sich an ihn geklammert. Sie hat einen Knopf von seiner Jacke abgerissen.«

»Ich möchte mir diese Szene nicht ausmalen ...«

»Ich auch nicht. Négrel wollte weggehen. Bedenken Sie, er ist schon um halb sechs Uhr gegangen, wo doch von zwei Uhr bis sechs Uhr Sprechstunde war. Als die Luft rein war, brauchte Jave nur über den Flur zu gehen ...«

»Reden Sie nicht weiter!«

»Ich will nicht ins Detail gehen. Ich will nur die Tatsache unterstreichen, daß er sie danach ausgezogen hat und die Kleider verschwinden ließ.«

»Ich verstehe. Reden Sie nicht weiter, bitte. Wenn die da oben es nicht begreifen?«

Sie schaute hinauf zu den erleuchteten Fenstern.

»Warum gehen Sie nicht zu ihnen, Kommissar? Es wäre dann gleich vorbei. Ich bin sicher, daß Sie ...«

Mitternacht war vorbei. Der Quai war menschenleer, der Pont Saint-Michel auch. Von weitem hörte man Lärm, und Maigret erkannte die Schritte mehrerer Personen im Hof des Gebäudes der Kriminalpolizei.

Martine blieb stehen und packte ihn unwillkürlich am Arm.

»Was ist das?«

Er lauschte, hörte, wohin die Schritte gingen. Endlich ließ die Spannung bei ihm nach.

»Man hat ihn ins ›Dépôt‹ gebracht.«

»Sind Sie sicher?«

»Ich kenne das Quietschen des Gitters.«

»Jave?«

»Ich nehme an.«

Im selben Augenblick ging hinter einem Fenster, im Inspektoratsbüro, das Licht aus.

»Kommen Sie her.«

Er zog sie tiefer in das Dunkel, und ein paar Augenblicke später kamen wirklich Santoni, Lapointe und Bonfils heraus. Lapointe und Santoni gingen in Richtung Pont Saint-Michel, Bonfils Richtung Pont-Neuf.

»Bis morgen.«

»Gute Nacht.«

»Es ist vorbei«, murmelte Maigret.

»Wissen Sie das bestimmt?«

»Janvier ist dabei, den Journalisten die Kopie zu geben. Sie müssen jeden Augenblick kommen.«

»Und die junge Frau, Antoinette?«

»Die werden sie behalten. Sie kann als Komplizin angeklagt werden, denn sie hat dem Doktor ein falsches Alibi verschafft.«

»Ihre Mutter auch?«

»Wahrscheinlich.«

»Wußten die beiden es Ihrer Meinung nach?«

»Sehen Sie, meine Kleine, das geht mich nichts an, denn ich mache Urlaub. Und selbst an Janviers Stelle würde ich nicht darüber urteilen, denn das ist Sache der Geschworenen.«

»Lassen sie Gilbert nicht frei?«

»Nicht vor morgen früh, denn allein der Untersuchungsrichter ist befugt, die notwendigen Papiere zu unterschreiben.«

»Ob er es schon weiß?«

»Er hat sicher gehört, daß er einen Nachbarn bekommen hat, und ich möchte wetten, er hat die Stimmen erkannt.

Was ist mit Ihnen?«

Sie weinte plötzlich, ohne zu wissen warum.

»Ich habe nicht einmal ein Taschentuch ...«, stotterte sie. »So was Dummes. Um wieviel Uhr morgen?«

»Bestimmt nicht vor neun Uhr.«

Er hatte ihr sein Taschentuch gegeben und schaute immer noch auf das Portal der Kriminalpolizei.

Ein Auto fuhr heraus, ein graues Auto, das einem der Journalisten gehören mußte und in dem vier oder fünf Leute saßen. Zwei Fotoreporter kamen zu Fuß heraus und gingen in Richtung Pont-Neuf.

In Maigrets Dienstzimmer brannte noch Licht, bis es schließlich auch ausgemacht wurde.

»Kommen Sie ...«

Er ging etwas weiter, dorthin, wo es am dunkelsten war. Im Hof lief ein Motor, und eines der kleinen schwarzen Autos der Kriminalpolizei kam in Sicht.

»Es ist alles gut. Er ist allein«, murmelte der Kommissar.

»Wer?«

»Janvier. Wenn er es nicht geschafft hätte, hätte er sich fahren lassen oder hätte Jave nach Hause gebracht.«

Das schwarze Auto fuhr ebenfalls in Richtung Pont-Neuf.

»Das war's, kleines Fräulein. Es ist vorbei.«

»Ich danke Ihnen, Kommissar.«

»Wofür?«

»Für alles.«

Sie weinte schon wieder beinahe. Er ging neben ihr in Richtung Pont Saint-Michel.

»Sie brauchen mich nicht nach Hause zu bringen. Ich wohne fast gegenüber.«

»Ich weiß. Gute Nacht.«

Am Châtelet hatte noch ein Café offen, und Maigret ging hinein, setzte sich an einen der Tische in dem fast leeren Saal und trank langsam ein kleines Bier. Dann nahm er ein Taxi.

»Boulevard Richard-Lenoir. Ich sage Ihnen, wann Sie halten sollen.«

Der Boulevard lag verlassen da. Er sah keine Gestalten auf dem Trottoir. Als er die letzten Treppenstufen nahm, öffnete sich die Tür, wie immer, denn Madame Maigret erkannte ihn am Schritt.

»Nun?« fragte sie, mit Lockenwicklern in den Haaren.

»Es ist vorbei.«

»Négrel?«

»Jave.«

»Das hätte ich nicht gedacht.«

»Ist jemand gekommen?«

»Nein.«

»Standen keine Journalisten herum, als du nach Hause kamst?«

»Bestimmt nicht. Ich habe aufgepaßt.«

»Welcher Tag ist heute?«

»Samstag. Das heißt, es ist halb ein Uhr nachts, also ist es Sonntag.«

»Macht es dir etwas aus, einen Koffer mit dem Nötigsten für ein paar Tage zu packen?«

»Wann möchtest du fahren?«

»Wenn du fertig bist. Morgen früh würden sie uns bestimmt aufs Korn nehmen.«

»Ich muß mich noch kämmen.«

Als sie die Treppe hinuntergingen, war es halb drei Uhr früh, und die Nacht war ruhig und mild. Maigret trug den Koffer, den sie für ihre seltenen Wochenenden immer benutzten.

»Wohin willst du fahren?«

»Wo wir Platz finden. Es gibt sicher irgendwo in der Nähe von Paris ein Gasthaus, das ein Zimmer frei hat.«

Sie fuhren mit dem Taxi die Seine entlang in Richtung Forêt de Fontainebleau. Kurz hinter Corbeil erinnerte sich Maigret an Morsang, wo er während einer Ermittlung einmal übernachtet hatte.

»Willst du sie wecken?«

Er hatte keinen Plan. Er wußte nicht, was er tun würde. Jetzt hatte er richtig Urlaub.

Und er hatte recht getan, als er an seinen guten Stern glaubte, denn sie brauchten die Wirtsleute nicht aufzuwecken im Gasthaus, dessen geschlossene Fensterläden man im Mondschein sah.

Am Ufer der Seine, die silbern glitzerte, war ein Mann mit der Vorbereitung von Reusen beschäftigt, und Maigret erkannte den Wirt.

»Da wäre schon ein Zimmer frei, aber ab morgen abend ist es belegt.«

Das war unwichtig. Morgen konnten sie ihr Glück anderswo versuchen.

Sie warteten, bis der Wirt seine Frau geweckt hatte, saßen still auf der Terrasse vor einem Eisentisch und schauten in das fließende Wasser.

Erst vier Tage später, in einem Gasthaus am Ufer der Loing, erhielt Maigret eine Postkarte, auf der der Quai des Orfèvres abgebildet war. Sein Name und seine Adresse waren in Druckbuchstaben geschrieben, und auf dem Abschnitt für die Grüße standen nur zwei Worte:

DANKE, CHEF!

13. September 1956

Georges Simenon im Diogenes Verlag

● Romane

Drei große Romane
Der Mörder / Der große Bob / Drei Zimmer in Manhattan. Deutsch von Linde Birk und Lothar Baier. detebe 21596

Brief an meinen Richter
Roman. Deutsch von Hansjürgen Wille und Barbara Klau. detebe 20371

Der Schnee war schmutzig
Roman. Deutsch von Willi A. Koch
detebe 20372

Die grünen Fensterläden
Roman. Deutsch von Alfred Günther
detebe 20373

Im Falle eines Unfalls
Roman. Deutsch von Hansjürgen Wille und Barbara Klau. detebe 20374

Sonntag
Roman. Deutsch von Hansjürgen Wille und Barbara Klau. detebe 20375

Bellas Tod
Roman. Deutsch von Elisabeth Serelmann-Küchler. detebe 20376

Der Mann mit dem kleinen Hund
Roman. Deutsch von Stefanie Weiss
detebe 20377

Drei Zimmer in Manhattan
Roman. Deutsch von Linde Birk
detebe 20378

Die Großmutter
Roman. Deutsch von Linde Birk
detebe 20379

Der kleine Mann von Archangelsk
Roman. Deutsch von Alfred Kuoni
detebe 20584

Der große Bob
Roman. Deutsch von Linde Birk
detebe 20585

Die Wahrheit über Bébé Donge
Roman. Deutsch von Renate Nickel
detebe 20586

Tropenkoller
Roman. Deutsch von Annerose Melter
detebe 20673

Ankunft Allerheiligen
Roman. Deutsch von Eugen Helmlé
detebe 20674

Der Präsident
Roman. Deutsch von Renate Nickel
detebe 20675

Der kleine Heilige
Roman. Deutsch von Trude Fein
detebe 20676

Der Outlaw
Roman. Deutsch von Liselotte Julius
detebe 20677

Die Glocken von Bicêtre
Roman. Neu übersetzt von Angela von Hagen. detebe 20678

Der Verdächtige
Roman. Deutsch von Eugen Helmlé
detebe 20679

Die Verlobung des Monsieur Hire
Roman. Deutsch von Linde Birk
detebe 20681

Der Mörder
Roman. Deutsch von Lothar Baier
detebe 20682

Die Zeugen
Roman. Deutsch von Anneliese Botond
detebe 20683

Die Komplizen
Roman. Deutsch von Stefanie Weiss
detebe 20684

Die Unbekannten im eigenen Haus
Roman. Deutsch von Gerda Scheffel
detebe 20685

Der Ausbrecher
Roman. Deutsch von Erika Tophoven-Schöningh. detebe 20686

Wellenschlag
Roman. Deutsch von Eugen Helmlé
detebe 20687

Der Mann aus London
Roman. Deutsch von Stefanie Weiss
detebe 20813

Die Überlebenden der Télémaque
Roman. Deutsch von Hainer Kober
detebe 20814

Der Mann, der den Zügen nachsah
Roman. Deutsch von Walter Schürenberg
detebe 20815

Zum Weißen Roß
Roman. Deutsch von Trude Fein
detebe 20986

Der Tod des Auguste Mature
Roman. Deutsch von Anneliese Botond
detebe 20987

Die Fantome des Hutmachers
Roman. Deutsch von Eugen Helmlé
detebe 21001

Die Witwe Couderc
Roman. Deutsch von Hanns Grössel
detebe 21002

Schlußlichter
Roman. Deutsch von Stefanie Weiss
detebe 21010

Die schwarze Kugel
Roman. Deutsch von Renate Nickel
detebe 21011

Die Brüder Rico
Roman. Deutsch von Angela von Hagen
detebe 21020

Antoine und Julie
Roman. Deutsch von Eugen Helmlé
detebe 21047

Betty
Roman. Deutsch von Raymond Regh
detebe 21057

Die Tür
Roman. Deutsch von Linde Birk
detebe 21114

Der Neger
Roman. Deutsch von Linde Birk
detebe 21118

Das blaue Zimmer
Roman. Deutsch von Angela von Hagen
detebe 21121

Es gibt noch Haselnußsträucher
Roman. Deutsch von Angela von Hagen
detebe 21192

Der Bürgermeister von Furnes
Roman. Deutsch von Hanns Grössel
detebe 21209

Der Untermieter
Roman. Deutsch von Ralph Eue
detebe 21255

Das Testament Donadieu
Roman. Deutsch von Eugen Helmlé
detebe 21256

Die Leute gegenüber
Roman. Deutsch von Hans-Joachim Hartstein. detebe 21273

Weder ein noch aus
Roman. Deutsch von Elfriede Riegler
detebe 21304

Auf großer Fahrt
Roman. Deutsch von Angela von Hagen
detebe 21327

Der Bericht des Polizisten
Roman. Deutsch von Markus Jakob
detebe 21328

Die Zeit mit Anaïs
Roman. Deutsch von Ursula Vogel
detebe 21329

Der Passagier der Polarlys
Roman. Deutsch von Stefanie Weiss
detebe 21377

Die Katze
Roman. Deutsch von Angela von Hagen
detebe 21378

Die Schwarze von Panama
Roman. Deutsch von Ursula Vogel
detebe 21424

Das Gasthaus im Elsaß
Roman. Deutsch von Angela von Hagen
detebe 21425

Das Haus am Kanal
Roman. Deutsch von Ursula Vogel
detebe 21426

Der Zug
Roman. Deutsch von Trude Fein. detebe 21480

Striptease
Roman. Deutsch von Angela von Hagen
detebe 21481

45° im Schatten
Roman. Deutsch von Angela von Hagen
detebe 21482

Die Eisentreppe
Roman. Deutsch von Angela von Hagen
detebe 21557

Das Fenster der Rouets
Roman. Deutsch von Stefanie Weiss
detebe 21558

Die bösen Schwestern von Concarneau
Roman. Deutsch von Ingrid Altrichter
detebe 21559

Der Sohn Cardinaud
Roman. Deutsch von Linde Birk
detebe 21598

Der Zug aus Venedig
Roman. Deutsch von Liselotte Julius
detebe 21617

Weißer Mann mit Brille
Roman. Deutsch von Ursula Vogel
detebe 21635

Der Bananentourist
Roman. Deutsch von Barbara Heller
detebe 21679

Monsieur La Souris
Roman. Deutsch von Renate Heimbucher-Bengs. detebe 21681

Der Teddybär
Roman. Deutsch von Ingrid Altrichter
detebe 21682

Die Marie vom Hafen
Roman. Deutsch von Ursula Vogel
detebe 21683

Der reiche Mann
Roman. Deutsch von Stefanie Weiss
detebe 21753

»... die da dürstet«
Roman. Deutsch von Irène Kuhn
detebe 21773

Vor Gericht
Roman. Deutsch von Linde Birk. detebe 21786

Der Umzug
Roman. Deutsch von Barbara Heller
detebe 21797

Der fremde Vetter
Roman. Deutsch von Stefanie Weiss
detebe 21798

Das Begräbnis des Monsieur Bouvet
Roman. Deutsch von H.J. Solbrig
detebe 21799

Die schielende Marie
Roman. Deutsch von Eugen Helmlé
detebe 21800

Die Pitards
Roman. Deutsch von Ingrid Altrichter
detebe 21857

Das Gefängnis
Roman. Deutsch von Michael Mosblech

Malétras zieht Bilanz
Roman. Deutsch von Irmgard Perfahl
detebe 21893

Das Haus am Quai Notre-Dame
Roman. Deutsch von Eugen Helmlé
detebe 21894

Der Neue
Roman. Deutsch von Ingrid Altrichter
detebe 21895

Die Erbschleicher
Roman. Deutsch von Renate Heimbucher-Bengs. detebe 21938

Die Selbstmörder
Roman. Deutsch von Linde Birk. detebe 21939

Tante Jeanne
Roman. Deutsch von Inge Giese. detebe 21940

Der Rückfall
Roman. Deutsch von Ursula Vogel
detebe 21941

Am Maultierpaß
Roman. Deutsch von Michael Mosblech
detebe 21942

● Maigret-Romane und -Erzählungen

Weihnachten mit Maigret
Zwei Romane und eine Erzählung. Leinen

Der Goldene Gelbe 88
Einmalige Sonderausgabe. Enthält folgende Romane: Maigret amüsiert sich / Mein Freund Maigret / Maigret und die junge Tote. Deutsch von Renate Nickel, Annerose Melter und Raymond Regh. detebe 21597

Maigrets erste Untersuchung
Roman. Deutsch von Roswitha Plancherel
detebe 20501

Maigret und Pietr der Lette
Roman. Deutsch von Wolfram Schäfer
detebe 20502

Maigret und die alte Dame
Roman. Deutsch von Renate Nickel
detebe 20503

Maigret und der Mann auf der Bank
Roman. Deutsch von Annerose Melter
detebe 20504

Maigret und der Minister
Roman. Deutsch von Annerose Melter
detebe 20505

Mein Freund Maigret
Roman. Deutsch von Annerose Melter
detebe 20506

Maigrets Memoiren
Roman. Deutsch von Roswitha Plancherel
detebe 20507

Maigret und die junge Tote
Roman. Deutsch von Raymond Regh
detebe 20508

Maigret amüsiert sich
Roman. Deutsch von Renate Nickel
detebe 20509

Hier irrt Maigret
Roman. Deutsch von Elfriede Riegler
detebe 20690

Maigret und der gelbe Hund
Roman. Deutsch von Raymond Regh
detebe 20691

Maigret vor dem Schwurgericht
Roman. Deutsch von Wolfram Schäfer
detebe 20692

Maigret als möblierter Herr
Roman. Deutsch von Wolfram Schäfer
detebe 20693

Madame Maigrets Freundin
Roman. Deutsch von Roswitha Plancherel
detebe 20713

Maigret kämpft um den Kopf eines Mannes
Roman. Deutsch von Roswitha Plancherel
detebe 20714

Maigret und die kopflose Leiche
Roman. Deutsch von Wolfram Schäfer
detebe 20715

Maigret und die widerspenstigen Zeugen
Roman. Deutsch von Wolfram Schäfer
detebe 20716

Maigret am Treffen der Neufundlandfahrer
Roman. Deutsch von Annerose Melter
detebe 20717

Maigret bei den Flamen
Roman. Deutsch von Claus Sprick
detebe 20718

Maigret und das Schattenspiel
Roman. Deutsch von Claus Sprick
detebe 20734

Maigret und die Keller des Majestic
Roman. Deutsch von Linde Birk
detebe 20735

Maigret contra Picpus
Roman. Deutsch von Hainer Kober
detebe 20736

Maigret läßt sich Zeit
Roman. Deutsch von Sibylle Powell
detebe 20755

Maigrets Geständnis
Roman. Deutsch von Roswitha Plancherel
detebe 20756

Maigret zögert
Roman. Deutsch von Annerose Melter
detebe 20757

Maigret und die Bohnenstange
Roman. Deutsch von Guy Montag
detebe 20808

Maigret und das Verbrechen in Holland
Roman. Deutsch von Renate Nickel
detebe 20809

Maigret und sein Toter
Roman. Deutsch von Elfriede Riegler
detebe 20810

Maigret beim Coroner
Roman. Deutsch von Wolfram Schäfer
detebe 20811

Maigret, Lognon und die Gangster
Roman. Deutsch von Wolfram Schäfer
detebe 20812

Maigret und der Gehängte von Saint-Pholien
Roman. Deutsch von Sibylle Powell
detebe 20816

Maigret und der verstorbene Monsieur Gallet
Roman. Deutsch von Roswitha Plancherel
detebe 20817

Maigret regt sich auf
Roman. Deutsch von Wolfram Schäfer
detebe 20820

Maigret und der Treidler der »Providence«
Roman. Deutsch von Claus Sprick
detebe 21029

Maigrets Nacht an der Kreuzung
Roman. Deutsch von Annerose Melter
detebe 21050

Maigret hat Angst
Roman. Deutsch von Elfriede Riegler
detebe 21062

Maigret gerät in Wut
Roman. Deutsch von Wolfram Schäfer
detebe 21113

Maigret verteidigt sich
Roman. Deutsch von Wolfram Schäfer
detebe 21117

Maigret erlebt eine Niederlage
Roman. Deutsch von Elfriede Riegler
detebe 21120

Maigret und der geheimnisvolle Kapitän
Roman. Deutsch von Annerose Melter
detebe 21180

Maigret und die alten Leute
Roman. Deutsch von Annerose Melter
detebe 21200

Maigret und das Dienstmädchen
Roman. Deutsch von Hainer Kober
detebe 21220

Maigret im Haus des Richters
Roman. Deutsch von Liselotte Julius
detebe 21238

Maigret und der Fall Nahour
Roman. Deutsch von Sibylle Powell
detebe 21250

Maigret und der Samstagsklient
Roman. Deutsch von Angelika Hildebrandt-Essig. detebe 21295

Maigret in New York
Roman. Deutsch von Bernhard Jolles
detebe 21308

Maigret und die Affäre Saint-Fiacre
Roman. Deutsch von Werner De Haas
detebe 21373

Maigret stellt eine Falle
Roman. Deutsch von Angela von Hagen
detebe 21374

Sechs neue Fälle für Maigret
Erzählungen. Deutsch von Elfriede Riegler
detebe 21375

Maigret in der Liberty Bar
Roman. Deutsch von Angela von Hagen
detebe 21376

Maigret und der Spion
Roman. Deutsch von Hainer Kober
detebe 21427

Maigret und die kleine Landkneipe
Roman. Deutsch von Bernhard Jolles und Heide Bideau. detebe 21428

Maigret und der Verrückte von Bergerac
Roman. Deutsch von Hainer Kober
detebe 21429

Maigret, die Tänzerin und die Gräfin
Roman. Deutsch von Hainer Kober
detebe 21484

Maigret macht Ferien
Roman. Deutsch von Markus Jakob
detebe 21485

Maigret und der hartnäckigste Gast der Welt
Sechs Fälle für Maigret. Deutsch von Linde Birk und Ingrid Altrichter. detebe 21486

Maigret verliert eine Verehrerin
Roman. Deutsch von Ingrid Altrichter
detebe 21521

Maigret in Nöten
Roman. Deutsch von Markus Jakob
detebe 21522

Maigret und sein Rivale
Roman. Deutsch von Ingrid Altrichter
detebe 21523

Maigret und die schrecklichen Kinder
Roman. Deutsch von Paul Celan
detebe 21574

Maigret und sein Jugendfreund
Roman. Deutsch von Markus Jakob
detebe 21575

Maigret und sein Revolver
Roman. Deutsch von Ingrid Altrichter
detebe 21576

Maigret auf Reisen
Roman. Deutsch von Ingrid Altrichter
detebe 21593

Maigret und die braven Leute
Roman. Deutsch von Ingrid Altrichter
detebe 21615

Maigret und der faule Dieb
Roman. Deutsch von Stefanie Weiss
detebe 21629

Maigret und die verrückte Witwe
Roman. Deutsch von Michael Mosblech
detebe 21680

Maigret und sein Neffe
Roman. Deutsch von Ingrid Altrichter
detebe 21684

Maigret und Stan der Killer
Vier Fälle für Maigret. Deutsch von Inge Giese und Eva Schönfeld. detebe 21741

Maigret und das Gespenst
Roman. Deutsch von Barbara Heller
detebe 21760

Maigret in Kur
Roman. Deutsch von Irène Kuhn
detebe 21770

Madame Maigrets Liebhaber
Vier Fälle für Maigret. Deutsch von Ingrid Altrichter, Inge Giese und Josef Winiger
detebe 21791

Maigret und der Clochard
Roman. Deutsch von Josef Winiger
detebe 21801

Maigret und Monsieur Charles
Roman. Deutsch von Renate Heimbucher-Bengs. detebe 21802

Maigret und der Spitzel
Roman. Deutsch von Inge Giese. detebe 21803

Maigret und der einsamste Mann der Welt
Roman. Deutsch von Ursula Vogel
detebe 21804

Maigret und der Messerstecher
Roman. Deutsch von Josef Winiger
detebe 21805

Maigret hat Skrupel
Roman. Deutsch von Ingrid Altrichter
detebe 21806

Maigret in Künstlerkreisen
Roman. Deutsch von Ursula Vogel
detebe 21871

Maigret und der Weinhändler
Roman. Deutsch von Hainer Kober
detebe 21872

Erzählungen

Der kleine Doktor
Erzählungen. Deutsch von Hansjürgen Wille und Barbara Klau. detebe 21025

Emil und sein Schiff
Erzählungen. Deutsch von Angela von Hagen. detebe 21318

Die schwanzlosen Schweinchen
Erzählungen. Deutsch von Linde Birk
detebe 21284

Exotische Novellen
Deutsch von Annerose Melter. detebe 21285

Meistererzählungen
Deutsch von Wolfram Schäfer u.a.
detebe 21620

Die beiden Alten in Cherbourg
Erzählungen. Deutsch von Inge Giese und Reinhard Tiffert. detebe 21943

Reportagen

Die Pfeife Kleopatras
Reportagen aus aller Welt. Deutsch von Guy Montag. detebe 21223

Zahltag in einer Bank
Reportagen aus Frankreich. Deutsch von Guy Montag. detebe 21224

Biographisches

Intime Memoiren und Das Buch von Marie-Jo
Aus dem Französischen von Hans-Joachim Hartstein, Claus Sprick, Guy Montag und Linde Birk. detebe 21216

Stammbaum
Pedigree. Autobiographischer Roman
Deutsch von Hans-Joachim Hartstein
detebe 21217

Simenon auf der Couch
Fünf Ärzte verhören den Autor sieben Stunden lang. Deutsch von Irène Kuhn
Mit einer Bibliographie und Filmographie und 43 Abbildungen. detebe 21658

Außerdem liegen vor:

Stanley G. Eskin
Simenon
Eine Biographie. Mit zahlreichen bisher unveröffentlichten Fotos, Lebenschronik, Bibliographie, ausführlicher Filmographie, Anmerkungen, Namen- und Werkregister. Aus dem Amerikanischen von Michael Mosblech
Leinen

Über Simenon
Zeugnisse und Essays von Patricia Highsmith bis Alfred Andersch. Mit einem Interview, mit Chronik und Bibliographie. Herausgegeben von Claudia Schmölders und Christian Strich. detebe 20499

Das Simenon Lesebuch
Erzählungen, Reportagen, Erinnerungen
Herausgegeben von Daniel Keel
detebe 20500

Werke berühmter Simenon-Leser im Diogenes Verlag

● **Alfred Andersch**

»...einmal wirklich leben«
Ein Tagebuch in Briefen an Hedwig Andersch 1943–1975. Herausgegeben von Winfried Stephan. Leinen

Gesammelte Erzählungen
Leinen

Die Romane
Vier Bände in Kassette: Sansibar oder der letzte Grund / Die Rote / Efraim / Winterspelt. Leinen

Die Kirschen der Freiheit
Ein Bericht. detebe 20001

Sansibar oder der letzte Grund
Roman. detebe 20055

Hörspiele
detebe 20095

Geister und Leute
Zehn Geschichten. detebe 20158

Ein Liebhaber des Halbschattens
Drei Erzählungen. detebe 20159

Die Rote
Roman. Neue Fassung 1972. detebe 20160

Efraim
Roman. detebe 20285

Winterspelt
Roman. detebe 20397

Mein Verschwinden in Providence
Neun Erzählungen. detebe 20591

Aus einem römischen Winter
Reisebilder. detebe 20592

Die Blindheit des Kunstwerks
Literarische Essays und Aufsätze
detebe 20593

Ein neuer Scheiterhaufen für alte Ketzer
Kritiken und Rezensionen. detebe 20594

Neue Hörspiele
detebe 20595

Öffentlicher Brief an einen sowjetischen Schriftsteller, das Überholte betreffend
Reportagen und Aufsätze. detebe 20398

Einige Zeichnungen
Graphische Thesen am Beispiel einer Künstlerin. Mit 25 Zeichnungen von Gisela Andersch und einem Nachwort von Wieland Schmied
detebe 20399

Der Vater eines Mörders
Eine Schulgeschichte. Mit einem Nachwort
detebe 20498

Flucht in Etrurien
Zwei Erzählungen und ein Bericht
detebe 21037

Wanderungen im Norden
Ein Reisebericht mit 32 Farbtafeln nach Aufnahmen von Gisela Andersch. detebe 21164

Hohe Breitengrade oder Nachrichten von der Grenze
Ein Reisebericht mit 48 Farbtafeln nach Aufnahmen von Gisela Andersch. detebe 21165

empört euch der himmel ist blau
Gedichte und Nachdichtungen 1946–1977
detebe 21838

Erinnerte Gestalten
Frühe Erzählungen. detebe 21902

Das Alfred Andersch Lesebuch
Herausgegeben von Gerd Haffmans
Mit Lebensdaten und einer Bibliographie
detebe 20695

● **Marcel Aymé**

Meistererzählungen
Aus dem Französischen von Hildegard Fuchs und Gertrud Grohmann. detebe 21704

● Heinrich Böll

Worte töten, Worte heilen
Gedanken über Lebenslust, Sittenwächter und Lufthändler. Ausgewählt und zusammengestellt von Daniel Keel. detebe 21814

● Agatha Christie

Villa Nachtigall
Sieben Kriminalgeschichten. Auswahl von Peter Naujack. Aus dem Englischen von Günter Eichel und Peter Naujack. detebe 20825

Der Fall der enttäuschten Hausfrau
Sechs Kriminalgeschichten. Auswahl und Einleitung von Peter Naujack. Deutsch von Günter Eichel und Peter Naujack. detebe 20826

● William Faulkner

Die Unbesiegten
Roman. Aus dem Amerikanischen von Erich Franzen. detebe 20075

Sartoris
Roman. Deutsch von Hermann Stresau
detebe 20076

Als ich im Sterben lag
Roman. Deutsch von Albert Hess und Peter Schünemann. detebe 20077

Schall und Wahn
Roman. Revidierte Übersetzung von Elisabeth Kaiser und Helmut M. Braem
detebe 20096

Absalom, Absalom!
Roman. Deutsch von Hermann Stresau
detebe 20148

Go down, Moses
Chronik einer Familie. Deutsch von Hermann Stresau und Elisabeth Schnack. detebe 20149

Griff in den Staub
Roman. Deutsch von Harry Kahn
detebe 20151

Soldatenlohn
Roman. Deutsch von Susanna Rademacher
detebe 20511

Moskitos
Roman. Deutsch von Richard K. Flesch
detebe 20512

Wendemarke
Roman. Revidierte Übersetzung von Georg Goyert. detebe 20513

Die Freistatt
Roman. Deutsch von Hans Wollschläger, Vorwort von André Malraux. detebe 20802

Licht im August
Roman. Deutsch von Franz Fein
detebe 20803

Wilde Palmen und Der Strom
Doppelroman. Deutsch von Helmut M. Braem und Elisabeth Kaiser. detebe 20988

Die Spitzbuben
Roman. Deutsch von Elisabeth Schnack
detebe 20989

Eine Legende
Roman. Deutsch von Kurt Heinrich Hansen
detebe 20990

Requiem für eine Nonne
Roman in Szenen. Deutsch von Robert Schnorr. detebe 20991

Das Dorf
Roman. Deutsch von Helmut M. Braem und Elisabeth Kaiser. detebe 20992

Die Stadt
Roman. Deutsch von Elisabeth Schnack
detebe 20993

Das Haus
Roman. Deutsch von Elisabeth Schnack
detebe 20994

Brandstifter
Erzählungen. Deutsch von Elisabeth Schnack
detebe 20040

Eine Rose für Emily
Erzählungen. Deutsch von Elisabeth Schnack
detebe 20041

Rotes Laub
Erzählungen. Deutsch von Elisabeth Schnack
detebe 20042

Sieg im Gebirge
Erzählungen. Deutsch von Elisabeth Schnack
detebe 20043

Schwarze Musik
Erzählungen. Deutsch von Elisabeth Schnack
detebe 20044

Der Springer greift an
Kriminalgeschichten. Deutsch von Elisabeth Schnack. detebe 20152

Der große Wald
Vier Jagdgeschichten. Deutsch von Elisabeth Schnack. detebe 20150

New Orleans
Skizzen und Erzählungen. Deutsch von Arno Schmidt. detebe 20995

Briefe
Herausgegeben und übersetzt von Elisabeth Schnack und Fritz Senn. detebe 20958

● Federico Fellini

Giulietta
Erzählung. Aus dem Italienischen von Olga Gloor. Leinen

Roma
Deutsch von Toni Kienlechner. Mit 50 Fotos detebe 20062

La Dolce Vita
Deutsch von Bettina und Toni Kienlechner und Eva Rechel-Mertens. Mit 57 Fotos detebe 20121

8 ½
Deutsch von Toni Kienlechner und Eva Rechel-Mertens. Mit 52 Fotos. detebe 20122

Julia und die Geister
Deutsch von Toni und Bettina Kienlechner und Margaret Carroux. Mit 66 Fotos detebe 20123

Amarcord
Deutsch von Georg-Ferdinand von Hirschau, Eva Rechel-Mertens und Thomas Bodmer. Mit 62 Fotos. detebe 20124

Aufsätze und Notizen
Herausgegeben von Anna Keel und Christian Strich. Mit einer kompletten Fellini-Filmographie. detebe 20125

Casanova
Deutsch von Inez De Florio-Hansen und Dieter Schwarz. Mit 54 Fotos. detebe 20287

La Strada
Mit einem eigens für diese deutsche Erstausgabe geschriebenen Vorwort von Fellini. Deutsch von Georg-Ferdinand von Hirschau, Thomas Bodmer und Dieter Schwarz. Mit 55 Fotos. detebe 20316

Die Nächte der Cabiria
Idee und Drehbuch von Federico Fellini, in Zusammenarbeit mit Ennio Flaiano, Tullio Pinelli und Bruenllo Rondi. Mit 53 Fotos. Herausgegeben von Christian Strich. Deutsch von Dieter Schwarz und Olga Gloor detebe 20317

I Vitelloni
Deutsch von Georg-Ferdinand von Hirschau, Thomas Bodmer und Dieter Schwarz. Mit 56 Fotos. detebe 20318

Orchesterprobe
Idee und Drehbuch von Federico Fellini. Mit 50 Fotos. Herausgegeben von Christian Strich. Deutsch von Trude Fein. detebe 20319

Satyricon
In Zusammenarbeit mit Bernardino Zapponi. Deutsch von Dieter Schwarz. detebe 20767

Die Stadt der Frauen
Deutsch von Beatrice Schlag u.a. detebe 20768

E la nave va
Deutsch von Renate Heimbucher-Bengs detebe 21096

Ginger und Fred
In Zusammenarbeit mit Tonino Guerra und Tullio Pinelli. Deutsch von Renate Heimbucher-Bengs. Mit Fotos. detebe 21389

Intervista
Vollständiges Drehbuch. Mit einem Vorwort von Federico Fellini und 50 Fotos. Deutsch von Renate Heimbucher-Bengs. detebe 21585

Der weiße Scheich
Vollständiges Drehbuch. In Zusammenarbeit mit Tullio Pinelli und Ennio Flaiano. Mit einem Vorwort von Federico Fellini und 38 Fotos. Deutsch von Renate Heimbucher-Bengs. detebe 21586

Die Gauner
Vollständiges Drehbuch. In Zusammenarbeit mit Tullio Pinelli und Ennio Flaiano. Mit einem Vorwort von Federico Fellini und 34 Fotos. Deutsch von Renate Heimbucher-Bengs. detebe 21587

Der Gesang des Mondes
Drehbuch von Federico Fellini. Herausgegeben von Christian Strich. Deutsch von Renate Heimbucher-Bengs. detebe 21852

»Warum machen Sie nicht mal eine schöne Liebesgeschichte?«
Ein intimes Gespräch mit Giovanni Grazzini
Deutsch von Renate Heimbucher-Bengs
detebe 21227

Spielen wie die Kinder
Aus Gesprächen von Federico Fellini mit Journalisten. Ausgewählt von Daniel Keel. Mit Zeichnungen von Federico Fellini
detebe 21830

● Friedrich Glauser

Die Kriminalromane in 6 Bänden
Vollständige Taschenbuchausgabe nach den Erstdrucken. detebe 21740

Wachtmeister Studer
Roman. Mit einem Nachwort von Hugo Loetscher. detebe 21733

Die Fieberkurve
Roman. detebe 21734

Matto regiert
Roman. detebe 21735

Der Chinese
Roman. detebe 21736

Krock & Co.
Roman. detebe 21737

Der Tee der drei alten Damen
Roman. detebe 21738

Gourrama
Ein Roman aus der Fremdenlegion
detebe 21739

● Dashiell Hammett

Der Malteser Falke
Roman. Aus dem Amerikanischen von Peter Naujack. detebe 20131

Rote Ernte
Roman. Deutsch von Gunar Ortlepp
detebe 20292

Der Fluch des Hauses Dain
Roman. Deutsch von Wulf Teichmann
detebe 20293

Der gläserne Schlüssel
Roman. Deutsch von Hans Wollschläger
detebe 20294

Der dünne Mann
Roman. Deutsch von Tom Knoth
detebe 20295

Fliegenpapier
Detektivstories I. Deutsch von Harry Rowohlt, Helmut Kossodo, Helmut Degner, Peter Naujack und Elizabeth Gilbert. Vorwort von Lillian Hellman. detebe 20911

Fracht für China
Detektivstories II. Deutsch von Elizabeth Gilbert, Antje Friedrichs und Walter E. Richartz. detebe 20912

Das große Umlegen
Detektivstories III. Deutsch von Walter E. Richartz, Hellmuth Karasek und Wulf Teichmann. detebe 20913

Das Haus in der Turk Street
Detektivstories IV. Deutsch von Wulf Teichmann. detebe 20914

Das Dingsbums Küken
Detektivstories V. Deutsch von Wulf Teichmann. Nachwort von Professor Steven Marcus. detebe 20915

Meistererzählungen
Ausgewählt von William Matheson. Deutsch von Wulf Teichmann, Walter E. Richartz, Hellmuth Karasek und Elizabeth Gilbert
detebe 21722

● Patricia Highsmith

Carol
Roman einer ungewöhnlichen Liebe. Aus dem Amerikanischen von Kyra Stromberg. Leinen

Der Stümper
Roman. Deutsch von Barbara Bortfeldt
detebe 20136

Zwei Fremde im Zug
Roman. Deutsch von Anne Uhde
detebe 20173

Der Geschichtenerzähler
Roman. Deutsch von Anne Uhde
detebe 20174

Der süße Wahn
Roman. Deutsch von Christian Spiel
detebe 20175

Die zwei Gesichter des Januars
Roman. Deutsch von Anne Uhde
detebe 20176

Der Schrei der Eule
Roman. Deutsch von Gisela Stege
detebe 20341

Tiefe Wasser
Roman. Deutsch von Eva Gärtner und Anne Uhde. detebe 20342

Die gläserne Zelle
Roman. Deutsch von Gisela Stege und Anne Uhde. detebe 20343

Das Zittern des Fälschers
Roman. Deutsch von Anne Uhde
detebe 20344

Lösegeld für einen Hund
Roman. Deutsch von Anne Uhde
detebe 20345

Der talentierte Mr. Ripley
Roman. Deutsch von Barbara Bortfeldt
detebe 20481

Ripley Under Ground
Roman. Deutsch von Anne Uhde
detebe 20482

Ripley's Game
oder Ein amerikanischer Freund. Roman
Deutsch von Anne Uhde. detebe 20346

Der Schneckenforscher
Elf Geschichten. Vorwort von Graham Greene. Deutsch von Anne Uhde
detebe 20347

Ein Spiel für die Lebenden
Roman. Deutsch von Anne Uhde
detebe 20348

Kleine Geschichten für Weiberfeinde
Eine weibliche Typenlehre in siebzehn Beispielen. Deutsch von W. E. Richartz. Mit Zeichnungen von Roland Topor. detebe 20349

Kleine Mordgeschichten für Tierfreunde
Deutsch von Anne Uhde. detebe 20483

Venedig kann sehr kalt sein
Roman. Deutsch von Anne Uhde
detebe 20484

Ediths Tagebuch
Roman. Deutsch von Anne Uhde
detebe 20485

Der Junge, der Ripley folgte
Roman. Deutsch von Anne Uhde
detebe 20649

Leise, leise im Wind
Zwölf Geschichten. Deutsch von Anne Uhde
detebe 21012

Keiner von uns
Elf Geschichten. Deutsch von Anne Uhde
detebe 21179

Leute, die an die Tür klopfen
Roman. Deutsch von Anne Uhde
detebe 21349

Nixen auf dem Golfplatz
Erzählungen. Deutsch von Anne Uhde
detebe 21517

Elsie's Lebenslust
Roman. Deutsch von Otto Bayer
detebe 21660

Geschichten von natürlichen und unnatürlichen Katastrophen
Deutsch von Otto Bayer. detebe 21868

Suspense
oder Wie man einen Thriller schreibt
Deutsch von Anne Uhde. detebe 21924
Broschur

Meistererzählungen
Ausgewählt von Patricia Highsmith. Deutsch von Anne Uhde, Walter E. Richartz und Wulf Teichmann. detebe 21723

● Loriot

Loriots Großer Ratgeber
500 Abbildungen und erläuternde Texte
Leinen

Loriots Heile Welt
Neue gesammelte Texte und Zeichnungen
Leinen

Loriots Großes Tagebuch
Erheblich erweiterte Ausgabe von ›Loriots Tagebuch‹ und ›Loriots Kommentare‹. Leinen

Loriots Dramatische Werke
Texte und Bilder aus sämtlichen Fernsehsendungen von Loriot. Leinen

Möpse und Menschen
Eine Art Biographie. Leinen

Ödipussi
Drehbuch mit zahlreichen, meist farbigen Fotos. Leinen

Loriots kleine Prosa
Mit vielen Zeichnungen des Verfassers
detebe 20013

Loriots Tagebuch
Gezeichnete Kommentare zum Zeitgeschehen
detebe 20114

Loriots kleiner Ratgeber
Abbildungen und erläuternde Texte
detebe 20161

Loriots Kommentare
zu Politik, Wirtschaft, Kultur und Sport
detebe 20544

Herzliche Glückwünsche
Ein umweltfreundliches Erzeugnis
Bibliothek für Lebenskünstler
Auch als detebe 20943

Der gute Ton
Das Handbuch feiner Lebensart. detebe 20934

Für den Fall...
Der neuzeitliche Helfer in schwierigen Lebenslagen. detebe 20937

Der Weg zum Erfolg
Ein erschöpfender Ratgeber. detebe 20935

Auf den Hund gekommen
44 lieblose Zeichnungen. Eingeleitet von Wolfgang Hildesheimer. Bibliothek für Lebenskünstler. Auch als detebe 20944

Umgang mit Tieren
Das einzige Nachschlagewerk seiner Art
Bibliothek für Lebenskünstler
Auch als detebe 20938

Wahre Geschichten
erlogen von Loriot. Bibliothek für Lebenskünstler. Auch als detebe 20936

Der gute Geschmack
Erlesene Rezepte für Küche und Karriere
Bibliothek für Lebenskünstler. Auch als detebe 20940

Nimm's leicht!
Eine ebenso ernsthafte wie nützliche Betrachtung. detebe 20939

Neue Lebenskunst
in Wort und Bild. Bibliothek für Lebenskünstler. Auch als detebe 20941

Menschen, die man nicht vergißt
Achtzehn beispielhafte Bildergeschichten
Bibliothek für Lebenskünstler
Auch als detebe 20942

Szenen einer Ehe
Bibliothek für Lebenskünstler
Auch als detebe 21764

Liebesbriefe für Anfänger
Der klassische Liebesbriefsteller von Fritz Ammer und Georg Andreas. Mit einem Anhang von modernen Briefen zum Thema von Loriot. Bibliothek für Lebenskünstler

Loriots mini Ratgeber
Im mini-Format passend für jede Lebenslage und jede Tasche. mini-detebe 79024

Loriots ganz kleine heile Welt
Ein Westentaschen-Almanach
mini-detebe 79026

Loriots kleines Buch der Katastrophen
mini-detebe 79023

Loriots kleines Tierleben von B bis Z
mini-detebe 79025

Loriot's Film Festival Super Pocket Cinemascope
Daumenkino in 11 Bänden

Odyssee im Weltraum
mini-detebe 79401

Vom Winde verweht
mini-detebe 79402

Lohn der Angst
mini-detebe 79403

Manche mögen's heiß
mini-detebe 79404

Der dritte Mann
mini-detebe 79405

Endstation Sehnsucht
mini-detebe 79406

Schwarzwaldmädel
mini-detebe 79407

Dr. Jekyll und Mr. Hyde
mini-detebe 79408

Ein Amerikaner in Paris
mini-detebe 79409

Casanova
mini-detebe 79410

Krieg und Frieden
mini-detebe 79411

Fußballfieber
Loriot's Daumenkino zur Fußballweltmeisterschaft. mini-detebe 79413

Von Loriot illustriert:

Enkel für Anfänger
Von R.G.E. Lempp. Bibliothek für Lebenskünstler

Kinder für Anfänger
Kein Leitfaden von R.G.E. Lempp
detebe 20667

Eltern für Anfänger
Eine Verständnishilfe von R.G.E. Lempp
detebe 20668

Die Ehe für Anfängerinnen
Wie man einen Ehemann erzieht, erläutert von Hans Gmür. detebe 21004

● Pablo Picasso

Über Kunst
Aus Gesprächen zwischen Picasso und seinen Freunden ausgewählt von Daniel Keel. Mit sieben Zeichnungen des Meisters
detebe 21674

Der Zeichner
300 Zeichnungen und Graphiken 1893–1972
Herausgegeben von Jean Jouvet. Mit Essays von Werner Spies, Maurice Jardot und Richard Häsli. Mit einer Biographie und einer Auswahlbibliographie. detebe 21747

● Jean Renoir

La règle du jeu
›Die Spielregel‹. Vollständiges Drehbuch. Aus dem Französischen von Angela von Hagen. Mit einer Erinnerung des Autors und zahlreichen Szenenfotos. detebe 20434

La grande illusion
›Die große Illusion‹. Vollständiges Drehbuch. Deutsch von Angela von Hagen. Mit einer Erinnerung des Autors und zahlreichen Szenenfotos. detebe 20435

● Urs Widmer

Auf auf, ihr Hirten! Die Kuh haut ab!
Kolumnen. Broschur

Der Kongreß der Paläolepidopterologen
Roman. Leinen

Das Paradies des Vergessens
Erzählung. Leinen

Das Normale und die Sehnsucht
Essays und Geschichten. detebe 20057

Die Forschungsreise
Ein Abenteuerroman. detebe 20282

Schweizer Geschichten
detebe 20392

Die gelben Männer
Roman. detebe 20575

Vom Fenster meines Hauses aus
Prosa. detebe 20793

Züst oder Die Aufschneider
Ein Traumspiel in hoch- und schweizerdeutscher Fassung. detebe 20797

Shakespeare's Geschichten
Sämtliche Stücke von William Shakespeare nacherzählt von Walter E. Richartz und Urs Widmer. detebe 20791 + 20792

Liebesnacht
Erzählung. detebe 21171

Die gestohlene Schöpfung
Ein Märchen. detebe 21403

Das Verschwinden der Chinesen im neuen Jahr
Mit einem Nachwort von H.C. Artmann
detebe 21546

Das enge Land
Roman. detebe 21571

Alois / Die Amsel im Regen im Garten
Zwei Erzählungen. detebe 21677

Indianersommer
Erzählung. detebe 21847